AF466595

MARIE-ROSE

DRAME EN CINQ ACTES

PAR

MM. ANICET-BOURGEOIS ET MICHEL MASSON

REPRÉSENTÉ, POUR LA PREMIÈRE FOIS, A PARIS, SUR LE THÉATRE DE LA GAITÉ, LE 4 AVRIL 1853.

DISTRIBUTION DE LA PIÈCE

LE MARQUIS DE SIMIANE (jeune 1er rôle).	MM. SURVILLE.	MARIE-ROSE, femme d'Ambroise (jeune 1er rôle)	Mmes LACRESSONNIÈRE.
AMBROISE (1er rôle)	DESHAYES.	URSULE, sa mère (mère noble)	LAMBQUIN.
SÉBASTIEN, peintre (jeune 1er)	GOUJET.	LEONIE DE LORMEL (grande coquette)	MUNIÉ.
LE COMTE DE LORMEL	CLÉMENT-JUST.	LA MIGNONNE (ingénue)	DINAH FÉLIX.
CAUSSADE, métayer (2e comique)	ALEXANDRE.	RENÉ, fils de Simiane (travesti)	CHARLES CABOT.
PIERRE ROBERT, fermier (3e rôle)	GALABERT.	GEORGETTE, fermière	LAGRANGE.
CATOR, vieux paysan	EUGÈNE.	MARIOLLE, servante	CELLINI.
POMPIGNAN, perruquier	AUBRY.	UNE PAYSANNE	HÉLOISE.
UN PAYSAN	LABALLE.		

L'action se passe vers 1760.

ACTE I.

LE MERCIER DE LA CANNEBIÈRE.

A Marseille. — L'intérieur d'un petit magasin de mercier-linger, ouvert au fond sur la rue. — Portes latérales au deuxième plan. — Au premier plan, à droite, une autre porte. — Comptoirs à droite et à gauche, siéges.

SCENE I.

AMBROISE, POMPIGNAN. (*Ambroise, les bras chargés de pièces de toile, est sur le seuil de sa porte, il appelle au dehors.*)

AMBROISE.

Hé! voisin!... voisin Pompignan!

POMPIGNAN, *dans la rue.*

Tu veux un coup de main, Ambroise?

AMBROISE.

Non... Regarde un peu là-bas cet officier de marine qui s'en va du côté de la Cannebière.

POMPIGNAN.

Après?

AMBROISE.

Je ne peux pas quitter la boutique... fais-moi le plaisir de courir après lui.

POMPIGNAN.

Tiens!... et pourquoi?

AMBROISE.

Tu lui demanderas s'il n'est pas le marquis de Simiane, capitaine de frégate... S'il te répond : oui... dis-lui mon nom et prie-le, sans se déranger, de me faire, de loin, un petit signe d'amitié.

POMPIGNAN.

V'là tout?

AMBROISE.

V'là tout!

POMPIGNAN.

Ah!... c'est drôle... (*Il disparaît dans la rue.*)

AMBROISE, *un moment seul.*

Si c'est lui, comme je le suppose, c'est bien le moins qu'il me dise bonjour quand il passe devant ma porte. (*Regardant au dehors.*) Pompignan l'a rejoint... Tiens! l'officier revient sur ses pas... je ne m'étais pas trompé... mais je ne peux pas le recevoir avec m marchandise sur les bras. (*Il va ranger les pièces de toile dans un rayon du magasin.*)

POMPIGNAN, *à Simiane dans la rue.*

Là! vous y êtes, mon officier... Pardon, v'là une pratique qui m'appelle. (*Il disparaît.*)

SCENE II.

AMBROISE, SIMIANE.

SIMIANE, *entrant.*

Dans cette boutique?... Ma foi! je ne devine pas... il paraît que j'ai des amis dans la mercerie... Qui diable ici connaît mon nom?

AMBROISE, *s'avançant.*

Quelqu'un, capitaine, qui ne peut pas croire que vous ayez oublié le sien.

SIMIANE.

Comment! c'est toi, mon brave!... On me dit : Ambroise le mercier, cela déroutait mes souvenirs... je serais accouru bien plus vite si l'on m'eût dit : Ambroise le soldat. (*Il lui tend la main.*)

AMBROISE, *la lui serrant cordialement.*

Je savais bien que vous auriez du plaisir à me revoir.

SIMIANE.

Parbleu!... Ainsi donc, tu as quitté l'uniforme... toi, le soldat intrépide!... toi qui pouvais aller si loin!

AMBROISE.

En effet, très-loin... le coup de tête de mon engagement m'avait même déjà conduit aux Grandes-Indes... Mon temps fini, je suis revenu au pays retrouver une promise que j'avais brusquement quittée dans un transport de jalousie.

SCENE III.

LES MÊMES, SÉBASTIEN, *venant de la droite, deuxième plan.*

SÉBASTIEN.

Jalousie dont j'ai l'honneur de vous présenter l'objet : Claude Sébastien.

AMBROISE.

Mon frère de lait.

SÉBASTIEN.

De plus, artiste peintre, pensionnaire de l'académie royale... élève de Boucher et de Fragonard... respectueusement debout devant mes maîtres, en attendant qu'un fauteuil vacant me permette de m'asseoir.

SIMIANE.

Mais oui... je vous connais... c'est vous qui, l'an dernier, à Paris, avez peint pour ma belle-sœur, la duchesse de Simiane, son épagneule Mirza allaitant ses petits.

AMBROISE.

Ah! tu peins les chiens, toi?

SÉBASTIEN.

Oui, je fais aussi les portraits de famille.

SIMIANE, *à Ambroise.*

Ainsi, tu croyais monsieur ton rival?

AMBROISE.

Ce n'était pas sans raison... sous le prétexte de prendre des études chez nous, il y passait des mois entiers... et je le surprenais sans cesse avec ma future.

SÉBASTIEN.

Par amour pour l'art, jaloux!... j'avais reconnu en elle une si merveilleuse vocation pour le dessin... Figurez-vous des ébauches d'une naïveté charmante, le sentiment le plus exquis de la nature... j'aurais été coupable de ne pas cultiver ce germe de talent qui demandait à naître... de ne pas guider cette main intelligente, mais inhabile encore à reproduire ce que son esprit savait si bien comprendre, ce que ses yeux savaient si bien voir... Il me croyait amant... j'étais père : je créais une artiste!

AMBROISE.

Moi qui n'entends rien aux beaux-arts, cette paternité-là me bouleversait l'esprit... je partis en disant à ma promise : Tu ne me reverras plus!... N'importe, elle m'attendait avec confiance... Au retour j'ai reconnu et réparé mes torts.

SÉBASTIEN.

Oui, grâce à mon dévouement... Pour le rassurer tout à fait, j'ai fait semblant d'adorer une femme que je ne pouvais pas souffrir... il a fallu l'épouser... je suis veuf... la vertu est toujours récompensée.

SIMIANE, *à Ambroise.*

Et définitivement tu es marié!

AMBROISE.

Bien marié, je m'en vante!

SIMIANE.

Tant mieux!... Tout ce qui te touche m'intéresse, moi qui te dois la vie.

SÉBASTIEN.

Vraiment!

SIMIANE.

Il y a cinq ans, dans l'Inde, surpris et enlevé par une troupe de fanatiques indiens, j'allais périr égorgé aux pieds d'une de leurs monstrueuses idoles...

SÉBASTIEN, *l'interrompant.*

C'est magnifique! Attendez... je vois cela d'ici... dans la profondeur d'un bois, devant l'autel rustique... la flamme du sacrifice qui éclaire à la fois le dieu sauvage, ses terribles sacrificateurs et la pâle victime... Il y avait quelque chose de superbe à faire!

AMBROISE.

Parbleu!... il y avait un homme à sauver.

SÉBASTIEN.

Je parle de l'ensemble du tableau... Ah! si un artiste se fût trouvé là!...

SIMIANE.

Celui qui vint à mon secours n'était qu'un généreux soldat de nos troupes coloniales... et l'audacieux héroïsme de cet homme suffit pour m'arracher des mains de mes ennemis... Voilà mon sauveur!... Et il ne m'a jamais permis de m'acquitter!

AMBROISE.

Au contraire... j'ai fait mon prix : un témoignage d'amitié devant tout le monde chaque fois que nous nous rencontrerons... Vous m'avez offert des poignées d'or, je me sens mieux payé avec une poignée de mains.

SIMIANE.

Eh! mon cher Ambroise, cette rencontre est peut-être la dernière... Je ne suis venu à Marseille que pour m'embarquer... je retourne à Pondichéry.

SÉBASTIEN.

Vous parlez de mettre à la voile?... Ah çà, on peut donc sortir du port? le vent a donc enfin tourné?

SIMIANE.

Dans deux heures tous les navires en partance auront quitté Marseille.

SÉBASTIEN.

Prépare tes larmes, cher ami... tout à l'heure tu seras débarrassé de moi.

AMBROISE, *à Simiane.*

Voilà un départ qui doit bien affliger madame la marquise de Simiane.

SÉBASTIEN, *vivement.*

La marquise?

SIMIANE, *inquiet.*

Comment... que veux-tu dire?

AMBROISE.

Dame! puisque je n'ai pas eu la berlue en vous reconnaissant ce matin; donc, c'est bien vous aussi que j'ai rencontré lundi dernier, vers la tombée du jour, au bout de la ville, dans la rue du Chemin de Rome, avec une petite dame qui portait une mante de taffetas et un voile très-épais... Vous marchiez bras dessus, bras dessous, la main dans la main, comme des mariés de la veille... ça m'a fait plaisir à voir. (*Il s'arrête, et regarde tour à tour Simiane qui paraît contrarié et Sébastien qui étouffe une envie de rire.*) Tiens! M. de Simiane n'a pas l'air content... et toi, pourquoi ris-tu?... est-ce que j'ai dit une bêtise?

SÉBASTIEN.

Plus fort que ça : tu as commis une indiscrétion en te permettant de reconnaître un cavalier qui ne voulait pas être vu donnant le bras à une femme qui ne pouvait pas être la sienne... puisqu'il est veuf.

SIMIANE.

Et comment savez-vous cela, monsieur Sébastien?

SÉBASTIEN.

C'est dans le salon où l'épagneule Mirza me faisait l'honneur de me donner séance, qu'on vint annoncer à la duchesse, votre belle-sœur, le décès de madame la marquise de Simiane, morte, dit-on, en donnant le jour à un fils.

SIMIANE.

Oui, à mon cher René...

AMBROISE, *confus.*

Je vous demande pardon, alors, de vous avoir reconnu l'autre jour.

SIMIANE.

Il n'y a pas grand mal, pourvu que cela reste entre nous... Ambroise, il faut nous dire adieu... Monsieur Sébastien, je vous souhaite des chefs-d'œuvre.

SÉBASTIEN.

C'est-à-dire, des commandes...

SIMIANE, *à Ambroise.*

A toi, mon ami, tout le bonheur possible en ménage.

AMBROISE.

Alors, souhaitez-nous un enfant... car il ne manque plus que ça à Marie-Rose et à moi...

SIMIANE, *qui allait sortir, s'arrêtant.*

Marie-Rose!

AMBROISE.

Oui, c'est le nom de ma femme... On dirait que ça vous rappelle un souvenir.

SIMIANE.

Tu dis bien, un souvenir... J'ai connu autrefois, il y a longtemps, une personne qu'on appelait ainsi, (*A lui-même.*) Sa femme se nomme Marie-Rose!... Singulier hasard!... (*Haut.*) Adieu, Ambroise, adieu. (*Il sort.*)

SCENE IV.

SÉBASTIEN, AMBROISE.

AMBROISE.

Bon voyage, monsieur le marquis. (*A lui-même, passant dans le comptoir à gauche.*) Ah! il a connu autrefois...

SÉBASTIEN.

Il avait une intrigue dans la ville, ton capitaine. Après ça, il faut être juste, un veuf a besoin de consolations.

AMBROISE, *le regardant avec inquiétude.*

Ah! tu crois que les veufs...

SÉBASTIEN.

Je parle de ceux qui regrettent de l'être... tu vois bien qu'il n'est pas question de moi... d'ailleurs, sois tranquille... je vais partir.

AMBROISE, *venant à Sébastien.*

Ce n'est pas bien, ce que tu dis là, Sébastien... L'autre semaine, à ton arrivée, c'est moi qui ai voulu que ma maison fût la tienne; je t'ai introduit dans mon ménage, en ami, les yeux fermés.

SÉBASTIEN.

C'est vrai; mais pour le moment ton ménage se composait de toi tout seul... ta femme venait de partir pour huit jours chez sa mère, et je ne devais rester que quarante-huit heures à Marseille, car je suis attendu à Rome. Enfin, grâce au temps contraire, j'ai pu voir Marie-Rose... féliciter mon élève sur ses progrès... seulement, j'ai conseillé à ta femme de varier le sujet de ses dessins... tu n'es pas mal... mais toujours ton portrait, ça devient monotone.

AMBROISE, *vivement.*

Qui dessinerait-elle, si ce n'est pas moi?... monsieur de Simiane, peut-être!

SÉBASTIEN.

Si elle l'avait vu une fois... une seule... ce serait possible, attendu que la mémoire qu'elle garde des traits d'un visage tient du prodige; mais son talent pour la ressemblance ne va pas encore jusqu'à faire le portrait des gens qu'elle ne connaît pas...

AMBROISE.

C'est vrai, elle ne le connaît pas... mais lui, il a connu une Marie-Rose.

SÉBASTIEN.

Eh bien! après?... on ne l'a pas inventé que pour ta femme, ce joli nom-là.

AMBROISE.

Je sais bien... N'importe, ça m'agace, ça me fait mal...

SÉBASTIEN.

Tiens! tu es un fou, et je perds mon temps à t'écouter... Le navire ne m'attendrait pas... je vais préparer mes bagages. (*Mouvement pour sortir; puis, revenant sur ses pas.*) Un dernier mot, Ambroise: crois-moi, mon ami... il vaut mieux être trompé que jaloux.

AMBROISE.

Par exemple!

SÉBASTIEN.

Certainement... Trompé, on est seul malheureux; jaloux, on fait son malheur et celui des autres. (*Il rentre à droite.*)

AMBROISE, *un moment seul.*

Bien obligé!... le remède est pire que le mal.

SCENE V.

AMBROISE, MARIE-ROSE, *entrant par la gauche.*

MARIE-ROSE.

Bonjour, mon ami.

AMBROISE.

Ah! te voilà levée, petite femme... Eh bien! comment te sens-tu, ce matin?

MARIE-ROSE.

Très-bien... (*Avec joie et tendresse.*) Oui, très-bien!

AMBROISE.

Voyons ça. (*La contemplant.*) Encore un peu pâlotte; mais les yeux sont bons... bons, autant qu'ils sont beaux! (*Il l'embrasse. Comme par réflexion.*) Dis donc?... il a connu une Marie-Rose.

MARIE-ROSE.

Qui ça?

AMBROISE, *observant sa femme.*

Mais lui... le marquis de Simiane.

MARIE-ROSE, *franchement.*

Qu'est-ce que c'est que ça : le marquis de Simiane?

AMBROISE.

Mon ancienne connaissance des Grandes-Indes... Il sort d'ici.

MARIE-ROSE.

Ah! ce gentilhomme, officier de marine, que tu as aperçu dernièrement dans la ville.

AMBROISE.

Oui, je l'ai reconnu huit jours trop tôt... c'était maladroit... ça m'a fait commettre une indiscrétion. (*S'animant par degré.*) Après tout, c'est sa faute... pourquoi est-il veuf?... pourquoi a-t-il des intrigues? Enfin, il s'agit d'une de ces histoires qui sonnent mal aux oreilles d'une honnête femme, ainsi, en voilà assez là-dessus... ne m'en demande pas davantage... je n'aime pas qu'on parle de ces choses-là ici!

MARIE-ROSE, *souriant.*

Mais il n'y a que toi qui en parles... je ne te demande rien, moi... pas même à le voir, ton beau capitaine.

AMBROISE.

Tu as raison... C'est moi, au contraire, qui voulais te le faire connaître... encore une maladresse... Un brillant, officier, habitué aux conquêtes, l'introduire dans une maison où il y a une jeune femme!...

MARIE-ROSE.

Quand cette femme-là puise le respect de ses devoirs dans son amour pour son mari, ça lui fournit l'occasion de se moquer à la fois de deux bonnes dupes : du galant qui espère et du jaloux qui se défie.

AMBROISE.

Oh! jaloux!... je l'ai été, c'est vrai... mais je me suis bien corrigé... La preuve, c'est qu'il t'a pris fantaisie d'aller chez ta mère, à quinze lieues d'ici, et de rester près d'elle pendant huit jours... Je t'ai laissée partir toute seule, sans te faire suivre... comme un mari qui ne veut pas douter de sa femme...

MARIE-ROSE.

Quand tu sauras le véritable motif de ce voyage...

AMBROISE.

Le motif? Ce n'était donc pas que pour voir la mère Ursule que tu allais à Saint-Estève?

MARIE-ROSE.

Bon! te voilà aux champs pour un mot, toi qui te dis si bien guéri de ta jalousie!... C'est égal, je ne t'en veux pas; car je t'aime, vois-tu, je t'aime, mon Ambroise, pour ton courage à lutter contre le soupçon... je t'aime pour ton cœur qui me défend quand ton esprit m'accuse.

AMBROISE.

Moi, je t'accuse plus... Tiens, hier au soir, tu m'as avoué que ta croix de fiancée avait été égarée, perdue en route... Au temps que j'étais jaloux, ça m'aurait bouleversé de fond en comble... je me serais demandé, qu'est-ce qu'elle est devenue? à qui l'a-t-elle donnée?

MARIE-ROSE.

Oh! la vilaine pensée!

AMBROISE, *vivement.*

Je ne l'ai pas eue! Je me suis dit tout bonnement : Marie-Rose a perdu sa croix d'argent... eh ben, ça me fait un bon prétexte pour lui en donner une en or. (*Il tire de sa poche et présente une croix d'or à Marie-Rose.*)

MARIE-ROSE.

Ah! que tu es bon!... ah! qu'elle est belle!... et comme elle arrive bien, aujourd'hui, jour de fête... le troisième anniversaire de notre mariage!

AMBROISE.

Cet anniversaire-là... nous ne serons encore que deux à le fêter, Marie-Rose.

MARIE-ROSE, *souriant.*

Peut-être!

AMBROISE.

Plaît-il? Est-ce que tu as invité quelqu'un?

MARIE-ROSE.

Curieux!... Tiens, ton cadeau est charmant... je veux tout de suite m'en faire honneur.

AMBROISE.

Attends... pour que tu ne la perdes pas celle-là, je vais l'attacher moi-même. (*Il passe et fixe au cou de Marie-Rose le ruban de la croix.*)

MARIE-ROSE, *pendant qu'Ambroise attache le ruban.*

Voilà mon accident joliment réparé... Si mère Ursule était là, elle ne manquerait pas de dire que c'est juste comme dans la vieille chanson dont elle me berçait quand j'étais petite. (*Elle chante sans accompagnement.*)

AIR.

Jeanne a perdu son anneau d'or,
Et cherche en pleurant son trésor.
Jeanne, espoir et courage!
Fais un pèlerinage,
Ta prière au ciel montera;
Tout ce qu'on perd sur terre est là,
Dieu t'entendra.

AMBROISE.

Là!... c'est solide, j'en réponds... Voyons l'effet... Ah! mais c'est cent fois mieux que l'autre.

MARIE-ROSE.

N'importe... j'y tenais... comme souvenir.

AMBROISE.

Il se peut que tu l'aies laissé chez ta mère... Nous le saurons bientôt... j'ai écrit pour ça.

MARIE-ROSE, *troublée.*

A ma mère! (*A part.*) Elle qui n'est prévenue de rien... elle ne va pas comprendre.

AMBROISE, *qui a été au comptoir.*

Et voilà ma lettre.

MARIE-ROSE, *rassurée.*

Ah! elle n'est pas encore partie! (*A part.*) C'est heureux!

AMBROISE.

Ton indisposition d'hier m'a empêché de l'achever; mais tout à l'heure elle sera à la poste.

MARIE-ROSE.

Non, ne l'envoie pas... avant que je ne sois revenue du marché. (*Elle prend un panier.*)

AMBROISE.

Est-ce que tu auras quelque chose à dire?

MARIE-ROSE.

Oui... quelque chose de très-important. (*A part.*) Voilà l'heure de trouver le docteur Hamelin... A mon retour, Ambroise saura toute la vérité... mais à mon retour seulement... si je me trompais! (*Haut.*) A tout à l'heure, mon ami, à tout à l'heure. (*Elle sort par la droite, au premier plan.*)

SCÈNE VI.

AMBROISE, *seul.*

Tiens! elle prend par la petite cour... au fait, ça conduit aussi au marché... Allons, allons, finissons ma lettre... il s'agit de laisser de la place à Marie-Rose. (*Il s'assied au comptoir à gauche pour écrire.*) Ah çà, qu'est-ce qu'elle peut donc avoir de particulier à lui dire, à la mère Ursule Bompart?... elles ont pourtant dû s'en conter assez pendant huit jours qu'elles sont restées ensemble... Après tout, les secrets d'une bonne vieille de soixante-cinq ans avec sa fille ça n'a rien de dangereux pour un mari... d'ailleurs, c'est moi qui cachèterai la lettre. (*Il se met à écrire. En ce moment une vieille paysanne paraît au fond, elle regarde dans la boutique avant d'entrer, puis elle s'avance vers Ambroise qui écrit, et lui frappe sur l'épaule.*)

SCÈNE VII.

AMBROISE, URSULE.

URSULE.

Tout le monde va bien chez toi, mon garçon?

AMBROISE.

C'est vous, mère Ursule... vous ici?

URSULE.

Je vois que tu es en bonne santé, toi... mais ma fille?

AMBROISE.

Comme à l'ordinaire, toujours fraîche et belle... elle vient de sortir... elle va rentrer tout à l'heure... Ah! mais, c'est comme un rêve... vous à Marseille! vous qui ne pouviez pas démarrer de votre village.

URSULE.

Tu n'es pas fâché que je sois venue?

AMBROISE.

Fâché?

URSULE.

C'est que tu ne me dis pas de m'asseoir.

AMBROISE.

Dites-moi d'abord de vous embrasser, mère... et puis, prenez vos aises, à votre guise... ne vous gênez en rien... vous êtes chez vos enfants... vous êtes chez vous. (*Il lui présente une chaise.*)

URSULE, *s'asseyant.*

Pour cette bonne parole-là, c'est moi qui t'embrasserai... deux fois de suite... sur les deux joues... ça ne m'est pas arrivé depuis ta noce... (*Elle l'embrasse.*)

AMBROISE.

Dont c'est aujourd'hui le troisième anniversaire.

URSULE.

Voilà justement ce qui m'amène.

AMBROISE, *à lui-même.*

Bon, je devine, c'était une surprise convenue avec Marie-Rose... voilà pourquoi elle me disait de ne pas envoyer ma lettre.

URSULE.

C'est bon de s'asseoir quand on vient de si loin; mais être bien reçue ça repose encore mieux.

AMBROISE.

Par exemple!... est-ce que vous doutiez?

URSULE.

Dame! c'est que nous n'étions guère bons amis, Ambroise, quand t'as quitté le pays pour venir t'établir ici...

AMBROISE.

Sans reproche vous me taquiniez pas mal... et pourtant, si jamais un mari a aimé sa femme...

URSULE.

Eh bien, oui, tu l'aimes bien... pour toi... mais ça ne me suffisait pas, à moi, sa mère, qui ne l'aime que pour elle... c'est bien naturel... des huit enfants que le bon Dieu m'avait donnés, Marie-Rose est la seule qu'il m'ait laissée... Quand elle vint au monde, depuis deux mois mon pauvre homme était défunt... depuis une semaine je pleurais devant un berceau vide pour la septième fois.

AMBROISE.

Oh! je sais que vous avez eu de cruels moments à passer.

URSULE.

Aussi, à seule fin d'épargner une souffrance, un chagrin à celle qui m'était conservée, j'aurais donné tout mon sang, comme je lui donnais toute mon âme... C'est que je ne lui ai jamais rien refusé à cette bonne chère fille... non, rien; pas même le mari qu'avait choisi son cœur... et qui a eu le courage de me dire, un jour que je le gênais pour chercher querelle à mon enfant: mère Ursule, nous sommes trop proches voisins... je déménage. J'emmène ma femme... Je crus d'abord que ce n'était qu'une menace en l'air... mais le lendemain j'avais perdu aussi ma pauvre Marie-Rose! elle était comme morte pour moi!

AMBROISE.

Oui, je me suis emporté plus fort que de coutume ce jour-là et ça m'a duré plus longtemps... mais depuis je vous ai écrit... et très-souvent... Tenez, au moment où vous êtes arrivée, je vous écrivais encore.

URSULE.

Bah! vraiment?

AMBROISE.

Oui, au sujet de sa croix d'argent que Marie-Rose pourrait bien avoir laissée chez vous.

URSULE.

Sa croix .. chez moi?... quand donc ça?

AMBROISE.

Dernièrement, quand elle y a été; car si je mérite vos reproches pour ce qui est d'ancienne date, j'ai bien droit à un petit remercîment de votre part, pour avoir envoyé votre fille passer huit grands jours avec vous.

URSULE, *troublée et balbutiant.*

Ah! ma fille!... huit jours?... au fait, c'est possible... si elle l'a dit, ça doit être vrai.

AMBROISE.

Ça doit être vrai?... vous n'en êtes pas sûre? (*Il la regarde fixement, elle reste interdite.*)

SCENE VIII.

Les Mêmes, SÉBASTIEN. (*Il porte un petit sac de voyage.*)

SÉBASTIEN.

Voilà César et sa fortune... ça n'est pas lourd... Tiens! maman Ursule... eh bien, comme vous me regardez tous les deux!

AMBROISE.

Ne plaisantons pas... et vous, parlez, mère Ursule... combien de temps Marie-Rose est-elle restée à Saint-Estève?

URSULE, *embarrassée.*

Je ne peux pas te dire, moi... elle t'expliquera.

AMBROISE.

C'est vous que j'interroge... c'est à vous de me répondre.

SÉBASTIEN.

Ah çà!... qu'est-ce qui se passe encore?

AMBROISE.

Laisse-moi tranquille! (*A Ursule.*) Mais répondez donc?

URSULE, *après avoir hésité.*

Ambroise, je ne sais pas mentir... je n'ai pas vu Marie-Rose!

SÉBASTIEN, *à part.*

Ah! diable!

AMBROISE.

Vous ne l'avez pas vue! (*Se contenant.*) Fort bien... alors, c'est elle qui a menti.

URSULE.

Je connais mon enfant... ça ne peut être que dans une bonne intention.

SÉBASTIEN.

Certainement... ça te paraît monstrueux... comme ça, à première vue, de loin... c'est un effet de perspective... un trompe-l'œil... Quand on y regarde de près, il n'y a rien de plus simple et de plus naturel.

AMBROISE.

Comment donc!... on fait une absence de huit jours, on rapporte des nouvelles du pays où on n'a pas été... on vous parle de sa mère qu'on n'a pas vue... tout ça est bien simple, bien naturel, bien innocent... (*éclatant*) tout ça est infâme, mère Ursule!

SÉBASTIEN *à lui-même, quittant son sac.*

Voilà le malheur qui arrive, je ne pars plus.

URSULE.

Ah! la mauvaise idée que j'ai eue de venir aujourd'hui!

AMBROISE.

Non pas!... au contraire, c'est une permission de Dieu!

SCÈNE IX.

Les Mêmes, POMPIGNAN.

POMPIGNAN.

Voisin Ambroise, je viens pour te dire...

AMBROISE, *brusquement.*

C'est bon!... va-t'en!... ce que tu as à me dire, garde-le pour toi.

POMPIGNAN.

Ça me va... je ne demande pas mieux que de la garder, cette petite croix d'argent.

AMBROISE, URSULE *et* SÉBASTIEN.

Une croix d'argent!

POMPIGNAN.

Qui doit être à ta femme; car il y a dessus ton nom et le sien.

AMBROISE, *prenant la croix des mains de Pompignan.*

Oui! oui!... c'est bien la croix de Marie-Rose!

SÉBASTIEN, *à Ambroise.*

Allons, du sang-froid... cela va peut-être tout éclaircir.

AMBROISE, *à Pompignan.*

Comment l'as-tu trouvée?

POMPIGNAN.

Ce n'est pas moi..

AMBROISE.

Qui donc?

POMPIGNAN.

C'est Joseph le roulier.

AMBROISE.

Où cela?

POMPIGNAN.

Au delà de Toulon... près de Notre-Dame de Crau.

AMBROISE.

Vous l'entendez!... au delà de Toulon... juste à l'opposé de chez vous, mère Ursule.

SÉBASTIEN.

Diable!... ça n'éclaircit rien; au contraire.

URSULE.

Ce n'est pas possible... cet homme se trompe.

SÉBASTIEN.

Certainement... un roulier, il doit boire... le malheureux était gris quand il a dit cela.

AMBROISE.

Il faut que je le voie... il faut que je lui parle... sais-tu où il loge?

POMPIGNAN.

Oui, je connais son auberge... j'ai une pratique à faire par là... je vas te conduire.

AMBROISE, *l'entraînant.*

Viens! viens!... il faut que je sache la vérité!.. Je la saurai!... oh! oui, je la saurai! (*Il s'éloigne rapidement avec Pompignan.*)

SCENE X.

URSULE, SÉBASTIEN.

URSULE.

Voilà encore Ambroise dans un de ses accès de violence... et cette fois je ne peux pas lui donner tort... pourquoi ma fille lui a-t-elle fait un pareil mensonge?

SÉBASTIEN.

Je n'y comprends rien, mais c'est trop maladroit pour ne pas être innocent. Comptez sur moi, mère Ursule; je ne quitterai pas cette maison tant qu'il y aura quelque chose à craindre... (*On entend Marie-Rose fredonner au dehors.*) Ecoutez... c'est Marie-Rose... la voilà!

URSULE.

Elle chante!... ah! ça me rassure déjà un peu.

SCENE XI.

Les Mêmes, MARIE-ROSE.

MARIE-ROSE, *rentrant par le fond en chantant.*

Ton bien perdu te reviendra;
Un bel ange qu'il t'enverra,
Te le rendra.

(*Elle s'arrête en apercevant Ursule.*)

Ma mère! à Marseille... chez nous... ah! voilà une jolie surprise... tous les bonheurs à la fois! (*Elle se dispose à embrasser sa mère.*)

URSULE, *l'arrêtant et avec doute.*

Regarde-moi bien en face, Marie-Rose.

MARIE-ROSE.

Je ne demande pas mieux... il y a si longtemps que je ne vous ai vue!

URSULE, *après l'avoir envisagée, lui prenant la tête à deux mains et l'embrassant.*

Non... sur la foi du Seigneur... Non!... cette enfant-là n'a rien à se reprocher.

SÉBASTIEN.

Parbleu!

MARIE-ROSE.

Pourquoi donc dites-vous cela?... est-ce qu'il y a quelqu'un qui doute de moi?

URSULE.

Tu me le demandes... Ah çà, tu ne réfléchis donc pas... En arrivant ici, j'y ai trouvé ton mari.

MARIE-ROSE, *gaîment.*

C'est juste... je n'y pensais plus à ce pauvre Ambroise... la joie de vous voir me faisait tout oublier.

SÉBASTIEN.

Il a parlé de votre voyage !

URSULE.

Des huit jours que tu avais dû passer chez nous !

MARIE-ROSE, *de même.*

Et vous qui ignoriez tout, vous n'avez su que lui répondre... alors sa tête s'est montée... sa raison a battu la campagne... il a vu une foule de papillons noirs... il n'y a pas de mal à cela, ma mère... vous avez vu l'orage... je vous promets le beau temps.

URSULE.

Mais tu ne sais pas tout... ta croix d'argent a été retrouvée.

MARIE-ROSE.

Vrai !... encore un bonheur !

SÉBASTIEN.

Par un voiturier... plus loin que Toulon, à côté de Notre Dame de Crau.

MARIE-ROSE.

C'est un bien honnête homme celui qui me l'a rapportée de si loin.

SÉBASTIEN.

Ambroise est parti comme un fou pour courir après le voiturier, afin de savoir...

MARIE-ROSE.

Il n'avait qu'à m'attendre, je lui aurais épargné la peine d'aller demander à un autre ce que je peux maintenant lui dire moi-même.

URSULE.

Ainsi, mon enfant, tu ne crains pas sa colère quand il va revenir ?

MARIE-ROSE.

Sa colère se changera en joie... il me remerciera et m'embrassera, ma mère. (*On entend au loin le son d'une cloche.*)

SÉBASTIEN.

Hein ! n'est-ce pas la cloche de l'amirauté qui sonne pour l'embarquement ?

MARIE-ROSE.

Précisément, monsieur Sébastien.

SÉBASTIEN.

Eh ! vite les adieux... il n'y a pas un moment à perdre... Vous êtes heureuse... je n'ai plus rien à faire ici... le navire n'attend personne et la gloire m'appelle à Rome (*Ils s'embrassent.*) Au revoir ! au revoir ! (*En sortant il se croise avec une dame voilée qui entre peu à peu, en examinant les pièces de l'étalage.*)

URSULE, *à Marie-Rose.*

A présent tu vas m'expliquer...

MARIE-ROSE *à Ursule, apercevant la dame.*

Ah ! une pratique... Entrez vous reposer dans ma chambre et rassurez-vous... tout ira bien... je vous en réponds... tout ira bien.

URSULE, *prenant son mantelet et sa capuche.*

Oui, je te crois, ma fille... et ta tranquillité m'a rendu la confiance. (*Elle entre à gauche.*)

SCENE XII.

MARIE-ROSE, LÉONIE.

LÉONIE *à elle-même, en examinant les étoffes.*

Je pouvais être remarquée sur cette place... ici je serai mieux pour m'informer et, s'il le faut, pour attendre.

MARIE-ROSE *à Léonie.*

Ce que madame examine là est trop commun pour elle... nous avons ça en bien plus belle qualité.

LÉONIE.

Je suis entrée par hasard... sans idée fixe.

MARIE-ROSE.

Tant mieux pour la marchande, madame... Quand le chaland ne vient pas absolument pour une chose, il est rare qu'on ne lui en vende pas plusieurs. (*Passant dans le comptoir à droite.*) Si madame veut voir nos rubans, nos dentelles... (*Elle place plusieurs cartons sur le comptoir.*)

LÉONIE, *avec hésitation.*

Pardon, madame... le bureau de la poste restante ?

MARIE-ROSE.

Il est presque en face, en tournant un peu à droite.

LÉONIE.

Je sais... Mais à quelle heure ouvre-t-il ?

MARIE-ROSE.

Dès qu'il a reçu le courrier. Il ne peut tarder ; d'ailleurs, on le voit arriver d'ici.

LÉONIE, *à part.*

Simiane a dû m'écrire pourquoi il n'a pas reparu chez moi depuis le retour de mon mari. Attendons. (*Haut.*) Montrez-moi donc vos dentelles. (*Elle s'assied.*)

MARIE-ROSE, *ouvrant successivement ses cartons.*

Volontiers... Tenez j'ai là une très-jolie occasion en valenciennes. (*Elle montre une pièce de dentelles.*) Dessin riche, belle largeur... Nous ne tenons pas cet article-là d'ordinaire. C'est une commission... on laisse la pièce pour soixante francs. (*On entend claquer le fouet d'un postillon.*)

LÉONIE.

Serait-ce le courrier ?

MARIE-ROSE.

Justement, madame. Il n'est encore qu'au bout de la rue mais dans quelques minutes le bureau restant sera ouvert.

LÉONIE, *à part.*

Enfin ! (*Haut.*) Je prends cette dentelle.

MARIE-ROSE.

Il faut aussi à madame un assortiment de rubans. En voici façon de Saint-Étienne, qu'on fabrique dans mon village, à Saint-Estève.

LÉONIE.

Vous êtes du village de Saint Estève ?

MARIE-ROSE.

Oui, madame, tout près de Lambesc ; vous connaissez quelqu'un dans ce pays-là ?...

LÉONIE.

Non, pas positivement ; car je n'y suis passée qu'une fois j'étais bien jeune alors ; j'avais cinq ans, et je voyageais avec ma famille. Un accident arrivé à notre berline nous força de nous arrêter quelques heures dans ce village. Tout près de la maison de poste où nous étions descendues, habitait une pauvre femme, veuve, je crois... elle venait de mettre au monde un enfant.

MARIE-ROSE, *qui suit le récit avec intérêt.*

Une fille, peut-être ?

LÉONIE.

Précisément ; c'était le jour fixé pour le baptême ; le soir même le parrain devait partir ; la marraine qu'on attendait n'arrivait pas.

MARIE-ROSE, *continuant le récit.*

Alors, on s'avisa de prier la jeune voyageuse de tenir sur les fonts baptismaux l'enfant de la pauvre veuve, et de la nommer Marie-Rose.

LÉONIE.

En effet... comment savez-vous ?

MARIE-ROSE.

Mais, Marie-Rose, c'est moi, ma marraine.

LÉONIE.

Vous ?

MARIE-ROSE.

Oui, Marie-Rose Bompart... femme Ambroise.

LÉONIE, *à part.*

Elle ! ah ! je ne supposais pas que je dusse jamais la revoir !... sans cela je n'aurais pas choisi son nom pour...

MARIE-ROSE, *qui pendant l'à-parté a quitté le comptoir.*

Voyez donc, comme on se retrouve. Il y a dans ce monde des hasards bien étranges... je veux dire bien heureux.

LÉONIE, *embarrassée.*

Oui, sans doute. (*A part.*) Je croyais si bien ne pouvoir compromettre personne.

MARIE-ROSE.

Ainsi, vous demeurez à Marseille, ma marraine ?

LÉONIE.

J'y passe seulement... Les devoirs de mon mari exigent de fréquents voyages, des changements de séjour. Mais vous aussi vous êtes mariée, m'avez-vous dit... et heureuse, je suppose ?

MARIE.

Tout à fait heureuse... d'aujourd'hui seulement... Après trois ans d'espérance, Dieu me promet enfin la joie d'être mère... Je savais bien, moi, qu'une neuvaine à la bonne Notre-Dame de Crau serait la bénédiction de notre ménage. J'y ai été en pèlerinage ge; mais à l'insu de mon mari... Il ne m'aurait pas permis voyage. Vous savez, les hommes, ils se croiraient faibles s'ils aient autant de croyance que nous... Et pourtant, il n'y a une vraie force et qui ne trompe jamais : la confiance dans prière.

LÉONIE.

Vous êtes, je le vois, une digne et pieuse jeune femme. (*A rt.*) Je ne veux plus que Simiane m'écrive sous le nom de arie-Rose.

MARIE-ROSE.

Je vous parle de moi, et j'oublie que vous attendiez avec imtience l'arrivée du courrier... On délivre maintenant les ttres.

LÉONIE.

Merci... je vais à la poste... je repasserai ici... Mettez ennble la dentelle convenue et un assortiment de rubans à otre choix.... Voici quatre louis, vous n'aurez rien à me ndre.

MARIE-ROSE.

C'est entendu, ma marraine.

LÉONIE *va pour sortir par le fond et se ravise.*

Que de passants dans cette rue!... Est-ce qu'on ne peut sortir ue de ce côté?

MARIE-ROSE.

Non pas... (*Désignant la droite.*) Par là, vous trouverez une etite ruelle qui vous mènera tout droit devant la poste. (*On oit en ce moment monsieur de Lormel traverser au fond; en assant devant l'étalage, il jette un coup d'œil dans la boutique; paraît surpris, hésite et fait quelques pas pour s'éloigner.*)

LÉONIE, *à Marie-Rose.*

On tourne à gauche, n'est-ce pas?... A tout à l'heure. (*Elle aisse son voile et sort par la droite.*)

SCENE XIII.

MARIE-ROSE, DE LORMEL.

MARIE-ROSE, *à elle-même.*

Ça me fait une belle marraine et une bonne pratique. (*Elle choisit des rubans qu'elle met dans un carton avec la pièce de dentelle.*) Par exemple, je ne me doutais pas que la première personne qui saurait mon secret, ce serait elle. (*De Lormel, qui avait disparu un moment, revient sur ses pas.*)

DE LORMEL, *à lui-même en entrant.*

Ce n'est peut-être qu'une illusion... n'importe, je veux m'assurer...

MARIE-ROSE.

Ah! encore un chaland.

DE LORMEL, *regardant de tous côtés.*

C'est singulier, elle n'y est plus et je n'ai vu sortir personne.

MARIE-ROSE.

Que désire monsieur?

DE LORMEL.

Un renseignement... Vous n'étiez pas seule il y a qu'un instant... j'ai cru voir, en passant, une dame en robe verte.

MARIE-ROSE.

Avec une mantille noire, c'est vrai, monsieur.

DE LORMEL.

Qu'est-elle devenue?... par où a-t-elle passé?

MARIE-ROSE.

Elle vient de sortir par cette porte.

DE LORMEL.

Ah! diable! mais en hâtant le pas je pourrai la rejoindre.

MARIE-ROSE.

C'est présumable... au surplus elle va revenir.

DE LORMEL.

Vous croyez? très-bien; j'attendrai son retour.

MARIE-ROSE, *continuant à arranger sa commande.*

Elle a été seulement à la poste, réclamer une lettre au bureau restant.

DE LORMEL, *à lui-même.*

Au bureau restant?... Alors je me trompais... ce n'est pas ma femme... elle ne reçoit de lettres que chez elle. (*Haut.*) Mille fois pardon, madame. (*Il va vers la rue.*)

MARIE-ROSE.

Il n'y a pas d'offense. (*Apart.*) Qu'est-ce qu'il a donc, ce monsieur?

DE LORMEL, *revenant à Marie-Rose.*

Encore un renseignement, s'il vous plaît... Savez vous quelle est cette dame?

MARIE-ROSE.

Je sais d'abord que c'est ma marraine... mais...

DE LORMEL.

Votre marraine?... Il suffit... je n'en demande pas davantage... encore mille fois pardon. (*A part.*) Décidément ce n'était pas elle; madame de Lormel n'a pas de filleule. (*Il va de nouveau pour sortir.*)

SCENE XIV

MARIE-ROSE, LÉONIE, DE LORMEL.

LÉONIE, *rentrant par la droite, une lettre à la main.*

Il m'a écrit, j'en étais sûre! Ici, je pourrai lire sa lettre.

DE LORMEL, *l'apercevant.*

Si fait... C'était bien ma femme.

LÉONIE, *interdite et à part.*

Monsieur de Lormel!

MARIE-ROSE, *à elle-même.*

Ah! c'est son mari?

DE LORMEL.

Vous paraissez bien émue, madame, on pourrait dire troublée.

LÉONIE, *affectant le calme.*

Non, mais surprise de vous rencontrer ici... c'est assez naturel.

MARIE-ROSE, *à part.*

Encore un jaloux... je m'y connais.

DE LORMEL.

Vous venez de la poste, ma chère amie?

LÉONIE, *embarrassée.*

Moi?

DE LORMEL, *désignant la lettre qu'elle a à la main.*

Chercher sans doute la lettre que voici?

LÉONIE.

Ah! on vous a dit...

MARIE-ROSE, *à part.*

Aïe! j'ai été indiscrète.

LÉONIE, *se remettant et souriant.*

Si l'on voulait vous tourmenter... Rassurez-vous, monsieur, cette lettre n'est pas pour moi.

DE LORMEL.

Et pour qui donc?

LÉONIE, *vivement, désignant Marie-Rose.*

Pour elle, voyez... (*A Marie-Rose.*) Tenez, Marie-Rose. (*Elle lui donne la lettre.*)

MARIE-ROSE, *à part.*

Je comprends... une imprudente à sauver. (*Haut.*) Merci... merci, madame.

DE LORMEL.

C'est différent... Mais je ne m'explique pas...

LÉONIE.

Que j'aie eu l'obligeance, à l'arrivée du courrier, d'aller réclamer, en son nom, une lettre qu'elle attendait impatiemment... et qu'elle ne pouvait aller prendre, car il aurait fallu abandonner sa boutique; c'est que vous ignorez encore que cette jeune femme est ma filleule...

DE LORMEL.

Si vraiment, elle vient de me le dire.

LÉONIE, *à Marie-Rose.*

Je vous ai remis fidèlement votre bien... vous, remettez-moi mes emplettes.

MARIE-ROSE.

Oui, ma maraine; le carton est tout prêt.

DE LORMEL, *à part.*

Tout cela n'a pu être concerté d'avance, on ne m'attendait pas.

MARIE-ROSE, *bas à Léonie.*

Mais cette lettre?

LÉONIE, *à demi-voix.*

Si mon mari l'eût ouverte, j'étais perdue!.. Cachez-la bien... ce soir, je viendrai la reprendre. (*Haut à de Lormel.*) Je suis à vos ordres, monsieur le comte. (*Confidentiellement.*) Vous n'êtes plus inquiet maintenant?

DE LORMEL.

De vous?... je ne l'ai jamais été, et si vous me voyez le visage attristé, c'est que je viens d'être violemment froissé dans une affection de cœur.

LÉONIE.

Et par qui?

DE LORMEL.

Par Simiane.

LÉONIE, *se contenant.*

Le marquis de Simiane?

DE LORMEL.

Oui, il est venu à Marseille et s'est embarqué ce matin, sans penser à me faire ses adieux.

LÉONIE.

Il est parti, dites-vous ?

DE LORMEL.

Pour les Indes, d'où il ne reviendra pas, peut-être !

LÉONIE, *à part.*

Oh ! c'est impossible !

DE LORMEL.

Ce procédé vous indigne... et vous avez raison... par bonheur, on peut se consoler des désillusions de ce monde... quand on a les joies réelles de la famille... Allons embrasser notre petite Adrienne.

LÉONIE, *à part.*

Il serait parti ! Oh ! ce soir... ce soir, j'aurai sa lettre ! (*Haut à Marie-Rose.*) Au revoir, ma filleule.

MARIE-ROSE.

Au revoir, madame.

LÉONIE, *en sortant.*

A bientôt ! (*De Lormel donne le bras à Léonie. Ils sortent tous deux.*)

SCENE XV.

MARIE-ROSE, *seule.*

Il paraît que ma marraine a aussi des secrets pour son mari ; mais je doute qu'elle soit aussi tranquille, aussi heureuse que moi, quand viendra le moment des aveux... Mais quel oubli ! Elle est partie sans me dire son nom, et moi je n'ai pas pensé à le lui demander... Au fait, je puis le savoir... sa lettre va me le dire. (*Elle lit la suscription de la lettre.*) « Marie-Rose, à Marseille !... » C'est bien étrange !... cette lettre était donc vraiment pour moi ?... alors, que voulait dire cette dame ? je n'y comprends plus rien, voyons. (*Elle décachète la lettre, puis, comme frappée d'un éclair, elle porte vivement la main à ses yeux.*) Voyons ! Eh bien... qu'ai-je donc ?... Un éblouissement... ah ! oui, comme hier... un avertissement, un indice... Ah ! qu'Ambroise arrive donc, que je puisse lui dire enfin !... La force me manque... je ne me soutiens plus. (*Elle s'appuie à un siége.*) Ah ! mais, je ne suis pas seule ici. (*Appelant d'une voix affaiblie.*) Ma mère ! ma mère !

SCENE XVI.

MARIE-ROSE, URSULE, *puis* AMBROISE.

URSULE.

Tu m'appelles, Marie-Rose ?... Miséricorde ! comme tu es pâle !... qu'as-tu donc, mon enfant ?

MARIE-ROSE.

Ne vous effrayez pas, c'est le présage d'un grand bonheur ; moi aussi... moi aussi je serai mère. (*Elle s'évanouit et laisse tomber la lettre. Ursule s'empresse auprès de Marie-Rose pour la faire revenir à la vie.*)

AMBROISE, *entrant avec colère.*

Je sais maintenant où sa croix a été trouvée.

URSULE.

Te voilà, Ambroise ; aide-moi à secourir ta femme.

AMBROISE.

Evanouie !... encore ! de même qu'hier... Ah ! vous avez raison, mère Ursule ; là, dans la chambre, vous trouverez...

URSULE.

J'y vais, j'y vais... (*Elle entre à gauche.*)

AMBROISE.

Il faut qu'elle revienne à la vie... il faut qu'elle me dise... (*Apercevant la lettre*). Une lettre ? quelle est cette lettre ? (*Il la ramasse. Ursule revient et donne des soins à Marie-Rose.*)

AMBROISE, *qui a jeté les yeux sur la lettre.*

Ah ! son secret... le voilà !... le voilà tout entier !... et c'est elle qui me le livre !

URSULE.

Que dis-tu ?

AMBROISE.

Ecoutez ! écoutez ! (*Il lit.*) « Notre amour ne peut plus être qu'un souvenir. Je te rends à tes devoirs trop longtemps méconnus... puisse le ciel nous pardonner d'avoir trompé un honnête homme ! »

URSULE.

Cette lettre n'a pas été écrite à ta femme !

AMBROISE, *lui plaçant la suscription sous les yeux.*

Mère Ursule... quel nom y a-t-il là ?

URSULE, *avec douleur.*

Marie-Rose !

AMBROISE.

Et vous condamniez ma violence ! (*S'élançant vers Marie-Rose.*) Il faut qu'elle meure !

URSULE, *suppliant.*

Grâce !

AMBROISE.

Non, pas de pitié pour elle !

URSULE, *se plaçant devant Marie-Rose.*

Eh bien ! grâce pour son enfant !

AMBROISE, *s'arrêtant terrifié.*

Oh ! (*Le rideau baisse.*)

ACTE II.

LA GRAND'MÈRE ET LA PETITE-FILLE.

Au hameau de Saint-Estève, chez Ursule Bompart, la salle basse d'une maisonnette. — Porte et fenêtre au fond ouvrant sur la campagne. — Entre la porte et la fenêtre, une grande armoire. — Porte à droite. — Une table, des siéges.

SCÈNE I.

SIMIANE *est assis*, LA MIGNONNE *va et vient en rangeant le ménage.*

SIMIANE.

Ainsi donc, petite, je suis bien chez madame Ursule Bompart ?

LA MIGNONNE.

Oui, monsieur.

SIMIANE.

Et cette bonne vieille a été, dites-vous, en danger de mort ?

LA MIGNONNE.

Oui, monsieur, et nous avons eu bien peur... A son âge, quatre-vingts ans... on n'est plus bien fort pour supporter le mal... mais une crise arrivée avant-hier au soir l'a sauvée... et ça, grâce à un fameux médecin d'Aix que petit René a été chercher lui-même... Notre malade s'est trouvée si bien ce matin, qu'elle a voulu aller à la paroisse... pas à pied, bien entendu... en carriole... C'est petit René qui conduit... et quoique ça ne soit pas jour de fête, on a sonné l'office en réjouissance du rétablissement de mère Ursule... C'est petit René qui paye les cloches... J'avais bien envie d'aller aussi à l'église... mais il faut que Mariolle, la servante, se repose... Je l'ai envoyée dormir, et quand elle se réveillera, elle trouvera son ménage en ordre... Travailler, n'est-ce pas comme si on priait ?... D'ailleurs, petit René prie pour nous deux.

SIMIANE.

Dis-moi, mon enfant, ce petit René qui fait tant de choses, n'est-ce pas le jeune marquis de Simiane ?

LA MIGNONNE.

Oui, il est marquis dans son château, chez sa tante, madame la duchesse... mais ici, où il vient tous les jours, depuis la moisson jusqu'aux vendanges, on ne l'appelle que le petit René... ou bien encore, le camarade à la Mignonne.

SIMIANE.

Et quelle est cette Mignonne ?... une jeune et jolie fille, sans doute ?...

LA MIGNONNE, *avec embarras.*

Dame !

SIMIANE.

Tu ne veux donc pas dire ce que tu en penses ?

LA MIGNONNE, *vivement.*

Je n'en pense pas de mal... mais je ne peux pas vous en dire trop de bien, attendu que c'est moi, la Mignonne.

SIMIANE, *la regardant avec intérêt.*

En effet, rien qu'en te regardant, j'aurais dû deviner ton nom.

LA MIGNONNE, *comme par souvenir.*

Ah çà ! mais, j'y pense, monsieur, vous êtes entré ici... vous vous êtes assis là et vous m'avez fait jaser sur mère Ursule, sur petit René et sur moi... à cause de quoi, monsieur ?

SIMIANE.

Pour savoir au juste pourquoi monsieur René est absent du château depuis deux jours.

LA MIGNONNE.

Madame sa tante ne pouvait pas être inquiète... il l'avait prévenue qu'il ne nous quitterait pas tant qu'il y aurait du danger... Qu'est-ce que nous serions devenues sans lui?... Mariolle tombait de fatigue... il lui redonnait du courage... moi, je perdais la tête... il me rendait un peu d'espoir... Et quand la pauvre mère Ursule est revenue à la vie, un de nous était encore à genoux, au pied de son lit... si bien qu'elle a dit en rouvrant les yeux : « Je ne m'étonne plus si le bon Dieu m'a guérie... j'ai toujours là un de ses anges qui le prie pour moi... » Et c'est petit René qui priait.

SIMIANE, *ému*.

Tiens, la Mignonne, il faut que je t'embrasse!

LA MIGNONNE.

Pourquoi ça, monsieur?

SIMIANE.

Pour te remercier de tout le bien que tu me dis de mon fils. (*Il l'embrasse.*)

LA MIGNONNE.

Ah! le père de René!... C'est vous, monsieur, vous qu'il attendait depuis si longtemps! Il va être bien heureux de vous voir... Ça doit être si bon de retrouver son père!... Moi, je n'aurai jamais ce bonheur-là... je ne suis l'enfant de personne.

SIMIANE.

Comment! cette bonne vieille que tu appelles ta mère Ursule?...

LA MIGNONNE.

C'est ma mère d'adoption... Elle m'a trouvée un soir, sur le seuil de sa porte, et c'est par charité qu'elle m'aime.

SIMIANE, *à part*.

Pauvre petite! (*On entend un bruit de cloches.*)

LA MIGNONNE.

Ah! l'office vient de finir. (*Bruit de voiture, rumeur joyeuse au dehors.*)

MARIOLLE, *paraissant à gauche*.

J'ai fait un fier somme... V'là la carriole qui ramène la bourgeoise...

LA MIGNONNE.

Vite, Mariolle, une chaise, un escabeau pour l'aider à descendre... (*A Simiane.*) Vous allez voir votre fils.

SIMIANE, *à la Mignonne, qui sort avec Mariolle*.

Laisse-moi le plaisir de m'annoncer moi-même.

SCÈNE II.

MARIOLLE, LA MIGNONNE, URSULE, RENÉ, SIMIANE.

MARIOLLE, *entrant la première*.

Courage, not' bourgeoise, vous y êtes. (*Elle va préparer un fauteuil à gauche. Ursule paraît; elle marche appuyée sur la Mignonne et sur René.*)

SIMIANE, *à part, contemplant René*.

Mon fils!... voilà mon fils!...

RENÉ.

Comme vous marchez bien!... Savez-vous que vous êtes très-forte, mère Ursule?

URSULE.

Ce n'est pas moi qui suis forte, mes enfants, c'est vous qui êtes bons. (*Les deux enfants l'ont fait asseoir. Elle aperçoit Simiane.*) Un étranger!

LA MIGNONNE, *souriant*.

Pas pour tout le monde.

RENÉ, *qui a envisagé Simiane*.

Comme il me regarde avec émotion... et moi-même... (*Allant à Simiane.*) Pardon, monsieur.

SIMIANE.

Que voulez-vous, mon ami?

RENÉ.

Il y a dans la chambre de ma tante, au château de Simiane, le portrait d'un jeune officier de marine à qui j'adresse chaque matin mon premier baiser et chaque soir mon dernier regard... Le modèle de ce portrait, je l'ai vu à une époque de l'enfance où le souvenir ne laisse pas de traces dans la mémoire... Vous avez plus que son âge... mais il a comme vous la bonté dans les yeux, la douceur dans le sourire... Je serais fâché que ce portrait ne fût pas le vôtre... Dites... n'est-ce pas que vous êtes mon père?

SIMIANE, *l'embrassant*.

Oui, cher enfant... et un père bien heureux, puisque ton cœur m'a reconnu.

LA MIGNONNE.

Certainement, je ne lui avais rien dit.

URSULE.

Comment, la Mignonne, tu savais?...

SIMIANE.

Oh! nous nous sommes déjà fait beaucoup de confidences... Je sais combien mon René est aimé ici.

URSULE.

Comme un fils.

LA MIGNONNE.

Comme un frère.

SIMIANE.

Je sais aussi ce que vous avez fait pour cette enfant... Une telle action vous honore, madame; mais la tâche que vous vous êtes imposée est peut-être bien lourde. Je voudrais que mon retour fût un bonheur pour quelqu'un... Le hasard m'a fait rencontrer cette petite... Elle n'a que vous seule au monde... elle peut vous perdre... laissez-moi continuer votre œuvre... Ah! c'est au nom de René, au nom de votre ami que je parle... Si Dieu a fait dans ce monde des pauvres et des riches, il a dit aussi : Aimez-vous, secourez-vous les uns les autres!... La Mignonne et vous, bonne mère, vous aimez René... eh bien! René vous vient en aide... voilà tout.

URSULE.

Monsieur, je vous remercie de ce que vous voulez faire pour mon enfant. Sans doute nous croyons tous la Mignonne orpheline, mais rien ne prouve que sa famille soit à jamais perdue. J'espère encore qu'un miracle de la Providence la lui rendra. Vous voyez donc, monsieur, que je n'ai pas le droit de disposer d'elle... Ne nous séparez pas tout à fait de monsieur René, permettez-lui de venir voir celles qui se sont habituées à le chérir, puis laissons l'avenir à la grâce du Seigneur.

RENÉ.

Oh! je viendrai comme à l'ordinaire... Pourtant vous serez quelques jours sans me voir.

LA MIGNONNE.

Quelques jours?

SIMIANE.

Comment?

RENÉ.

Oui... nous allons être de noce... Mademoiselle de Lormel se marie.

SIMIANE.

La fille de...

RENÉ.

De monsieur le comte de Lormel, qui se disait encore l'autre soir devant ma tante, le meilleur de vos amis, mon père.

SIMIANE.

En effet.. mais depuis mon départ, depuis quinze ans il a pu se croire oublié.

RENÉ.

Il ne vous oubliait pas, lui, et il paraissait bien heureux de votre prochaine arrivée.

SIMIANE.

Il est venu à Saint-Estève?

RENÉ.

Oui, pour y chercher madame de Lormel qui a passé trois mois dans ce pays afin de rétablir la santé de sa fille. Oh! mère Ursule et Mignonne connaissent bien madame de Lormel!

URSULE.

Sans doute, c'est une généreuse et noble femme, tous les pauvres du pays bénissent son nom; elle daignait venir souvent dans ma misérable chaumière, elle s'intéressait aussi à la Mignonne, parce que la Mignonne plaisait à mademoiselle Adrienne, et la chère dame aime tant sa fille!... Elle me disait souvent en l'embrassant : Mère Ursule, je ne vis plus que par elle et pour elle.

SIMIANE, *à part*.

Pauvre Léonie!

RENÉ.

Le mariage se fera au château de Lormel, près du village de Montmayour. Je l'ai su par le messager qui m'a apporté la lettre que monsieur de Lormel vous a écrite; lettre d'invitation, bien sûr. La cérémonie n'ayant lieu que dans trois jours, nous ne partirons qu'après demain; je viendrai donc te voir demain, la Mignonne.

URSULE, *à Simiane*.

Vous le permettez, monsieur?

SIMIANE.

Mon retour n'a rien changé, madame Ursule; seulement au château de Simiane, vous avez, toutes deux, un ami de plus. Viens, René; tu me donneras la lettre de monsieur de Lormel.

RENÉ.

Adieu, mère Ursule... A demain, la Mignonne.

LA MIGNONNE.

A demain, René. (*Simiane sort après avoir affectueusement salué mère Ursule et baisé au front la Mignonne.*)

SCENE III.

URSULE, LA MIGNONNE. (*Mariolle, après avoir apporté à Ursule son rouet et sa quenouille, rentre dans la maison.*)

URSULE, *regardant la Mignonne qui est restée rêveuse après le départ de René.*

A quoi donc penses-tu, la Mignonne, et pourquoi soupires-tu?

LA MIGNONNE.

Moi!.. je ne sais pas... Dites donc, mère, croyez-vous que monsieur le marquis laissera toujours René venir ici?

URSULE.

René sera bientôt un homme. Sa place ne peut plus être dans un village, mais à l'armée, à la cour.

LA MIGNONNE.

Oui, il sera officier... il nous oubliera... (*Embrassant Ursule.*) Oh! tenez, bonne mère, je sens bien qu'il n'y a que vous qui m'aimerez toujours.

URSULE, *avec tendresse.*

Oui... toujours, la Mignonne... (*à part*) mais après moi qui l'aimera, Seigneur?

LA MIGNONNE, *essuyant ses larmes.*

Je parle, je parle... et j'oublie que vous n'avez rien pris ce matin; mais je vous ai préparé un excellent bouillon, je vais dire à Mariolle de vous l'apporter avec un peu de ce vieux vin que René vous a envoyé... (*A part en soupirant.*) Il pensait à tout, René!.. (*Elle entre dans la maison.*)

SCENE IV.

URSULE, *puis* SÉBASTIEN.

URSULE.

Si j'étais morte, que serait devenu cette enfant? Oh! Dieu m'a fait grâce cette fois pour que j'assure l'avenir de la Mignonne... mais qu'il m'envoie donc un indice, une trace!... qu'il jette donc la lumière dans la nuit qu'Ambroise a faite autour de moi!

SÉBASTIEN, *qu'on a vu s'arrêter devant la maison.*

Par Dieu! je ne peux pas me tromper... ce doit être ici. (*Entrant.*) Eh! oui... voilà le vieux bahut, le grand fauteuil, et dans le fauteuil la bonne Ursule filant comme autrefois. (*Il ôte son manteau, son chapeau.*)

MARIOLLE, *entrant sans voir Sébastien et apportant sur un plateau une tasse de bouillon, un verre et une bouteille.*

Madame Ursule, voilà votre déjeuner.

URSULE.

Merci... je ne prendrai rien.

MARIOLLE.

Oh! ça vous a pourtant une fière mine... décidément vous refusez... alors je remporte tout...

SÉBASTIEN, *lui prenant le plateau des mains.*

Ne remporte rien, j'accepte.

MARIOLLE.

Hein!

SÉBASTIEN.

Ça t'étonne... mais je suis un ami.

MARIOLLE.

Un ami sans gêne, toujours.

URSULE, *regardant Sébastien.*

Un ami...

SÉBASTIEN.

Comment, mère Ursule, vous ne reconnaissez pas Sébastien votre ancien pensionnaire... Sébastien qu'on appelait ici le petit barbouilleur!

URSULE *avec joie.*

Sébastien...

SÉBASTIEN.

Qui va vous embrasser d'abord... puis qui causera en déjeunant si vous le permettez... J'ai toujours le même cœur, mais j'ai aussi le même appétit.

URSULE.

Ce cher Sébastien!... (*A Mariolle.*) Donne-lui ce que tu m'apportais.

MARIOLLE.

Il a tout pris, madame.

SÉBASTIEN, *regardant le plateau.*

Hum! le tout est bien peu de chose...Dis donc, la fille, va m… dénicher une demi-donzaine d'œufs, voilà l'heure à laquelle o… visitait le poulailler; coupe-moi une tranche de lard fumé, il y en avait toujours à la cuisine; ajoute à ça une corbeille d… fruits, l'espalier en donne de superbes, surtout l'espalier près d… puits, à gauche.

MARIOLLE.

Ce monsieur connaît donc la maison?

SÉBASTIEN.

Mieux que toi, j'en suis sûr... Ah çà, pourquoi restes-tu là… me regarder?... tu me trouves gentil, n'est-ce pas? eh bien, j… suis infiniment mieux quand j'ai déjeuné.

MARIOLLE.

Nous allons bien voir... j'vas dénicher les œufs. (*Elle sort e… riant.*)

SCENE V.

URSULE, SÉBASTIEN.

URSULE, *à part.*

Sébastien, chez moi... Sébastien l'ami, le frère d'Ambroise… Oh! l'indice... la lumière que je demandais... les voilà.

SÉBASTIEN, *mangeant.*

Si je suis heureux de me retrouver ici... vous êtes conten… de me revoir, n'est-ce pas, mère Bompart?

URSULE.

Oh! oui... bien contente...

SÉBASTIEN, *buvant.*

Peste! votre vin s'est amélioré en vieillissant: à votre santé. Appelé aux environs d'Arles pour des travaux importants, je n… pouvais pas être si près de vous sans venir vous embrasser.

URSULE.

C'est bien... mon garçon, c'est très-bien... Mais Marseille e… aussi aux environs d'Arles, est-ce que vous n'avez pas eu l'id… d'aller aussi à Marseille?

SÉBASTIEN.

A Marseille?...

URSULE, *le regardant.*

Oui... pour y voir Ambroise.

SÉBASTIEN.

Ambroise n'était plus à Marseille.

URSULE.

Non... mais vous avez dû vous informer?...

SÉBASTIEN.

A Marseille on n'a pu rien m'apprendre d'Ambroise.

URSULE.

Rien!... rien!... (*avec douleur*) et moi qui espérais...

SÉBASTIEN, *se levant.*

Espérez, bonne mère! espérez!... Si Sébastien sachant la d… parition d'Ambroise, et devinant votre douleur, si votre a… Sébastien est entré dans cette maison le sourire sur les lèvres… la joie au cœur, c'est qu'il avait quelque chose à vous appre… dre, c'est qu'il vient vous parler de Marie-Rose, c'est qu'il a … votre fille!...

URSULE.

Vous avez vu ma fille?

SÉBASTIEN.

Il y a trois jours.

URSULE.

Ma fille!... elle existe!... elle est près de moi... Mais co… ment avez-vous découvert?

SÉBASTIEN.

Le hasard seul m'a servi... car, je vous le répète, à Marsei… rien n'avait pu me mettre sur les traces d'Ambroise. Je vous dit, je crois, que j'avais été mandé de Paris... oui... par mo… sieur le président de Lormel, qui, à la veille de marier sa fille pendant une absence de sa femme, voulait faire décorer la par… de son château qu'il destine aux futurs époux... Ah! le pe… barbouilleur a grandi, il est à la mode, il ne peint pas mi… qu'autrefois, peut-être, mais il se fait payer plus cher... J'ét… donc depuis deux mois au château de Lormel... J'avais termi… mes travaux... et je me disposais à partir... Avant de me met… en route, je voulus explorer les environs afin de rappor… avec moi quelques croquis. Dans mes excursions j'avais rem… qué déjà au fond d'un val solitaire et discrètement cachée d…

rière de grands arbres, une petite maison dont la porte était toujours fermée, les fenêtres grillées... Jamais je n'avais vu entrer ni sortir personne, je devais croire cette maison abandonnée; mais comme elle était assez pittoresquement posée, je me mis un jour à la dessiner... Ce jour-là, une fenêtre s'ouvrit... une femme vint appuyer son front sur le grillage, je jetai un cri de surprise, cette femme, c'était Marie-Rose!... Au bruit que j'avais fait, la fenêtre s'était refermée... Je courus à la porte, je frappai longtemps sans obtenir de réponse, un homme vint enfin, et je me précipitai dans les bras de cet homme... Je venais de reconnaître Ambroise!

URSULE.

Ambroise! qui tient ma fille prisonnière... Oh! mais il faudra bien qu'il me la rende!

SÉBASTIEN.

Pardonnez-moi, mère Ursule, j'ai pu vous dire, j'ai vu Marie-Rose... mais il ne m'est pas permis de vous vous faire connaître le lieu de sa retraite.

URSULE.

Ah! si ma fille n'a pas pu se justifier, si Ambroise est toujours impitoyable, c'est que Marie-Rose est toujours folle, n'est-ce pas?...

SÉBASTIEN.

Ambroise, après m'avoir fait promettre de ne révéler à personne le secret que j'avais surpris, m'introduisit dans la chambre de Marie-Rose. Il avait un moment espéré que ma vue réveillerait en elle le souvenir du passé; mais Marie-Rose, après m'avoir longtemps regardé, demanda à son mari qui j'étais... Il lui dit mon nom, et ce nom, machinalement répété par elle, ne lui rappela rien... elle se remit à dessiner quelques fleurs qu'elle avait sur sa table, et ne s'occupa plus de moi... Ambroise a été cruel, sans doute, en vous séparant de votre fille... mais il est si malheureux... Il ne peut pas douter de la culpabilité de Marie-Rose; une mère seule a le droit de n'y pas croire... Eh bien! s'il avait pu connaître le nom de l'infâme qui a détruit son bonheur, s'il avait pu se venger... il aurait pardonné peut-être à celle qui a si douloureusement expié sa faute... Car de cette faute il ne serait plus resté de traces... puisque ce malheureux enfant...

URSULE, *vivement.*

Ambroise vous a parlé de cet enfant?...

SÉBASTIEN.

Il m'a dit qu'il était mort en naissant... mais le souvenir de sa fille, qu'elle a pu connaître à peine, est resté vivant dans le cœur de Marie Rose... Une seule pensée l'occupe, un seul désir l'agite... aller au cimetière du village prier et pleurer sur la tombe de sa chère petite Geneviève...

URSULE, *à part et sanglotant.*

Oh! pauvre mère! pauvre martyre!..

SCENE VI.

LES MÊMES, LA MIGNONNE, *entrant avec une assiette sur laquelle sont des œufs.*

LA MIGNONNE, *à part.*

Qu'est-ce que c'est donc que ce monsieur qui a pris le déjeuner de mère Ursule?

SÉBASTIEN, *bas à Ursule.*

Remettez-vous... nous ne sommes plus seuls...

LA MIGNONNE.

Voilà vos œufs, monsieur.

SÉBASTIEN.

Merci... merci, petite... Ah çà, mère Ursule, vous avez donc deux servantes... Voyons un peu celle-ci... (*Il regarde la Mignonne et pousse un cri de surprise.*) Ah!

LA MIGNONNE, *étonnée.*

Qu'est-ce que vous avez donc, monsieur?... vous m'avez fait peur...

SÉBASTIEN.

Oh! laissez-moi vous regarder... et regardez-moi bien à votre tour... Vous êtes orpheline, n'est-ce pas?...

LA MIGNONNE.

Oui, monsieur.

SÉBASTIEN.

Vous avez été recueillie par madame Ursule?

LA MIGNONNE.

Oui, monsieur... Qui vous a dit cela?

SÉBASTIEN.

Personne... je devine... je comprends...

URSULE.

Quoi donc, Sébastien?...

LA MIGNONNE.

Monsieur, vos œufs vont être durs...

SÉBASTIEN, *la regardant toujours.*

Ça m'est égal,.. je n'ai plus faim... (*Bas à Ursule.*) Renvoyez cette enfant... il faut que je vous parle...

URSULE.

Emporte tout cela, la Mignonne, et ne reviens que lorsque je t'appellerai...

LA MIGNONNE.

Oui, mère... (*A part.*) Pourquoi donc me regardait-il comme ça?... (*Elle sort.*)

SCENE VII

SÉBASTIEN, URSULE.

SÉBASTIEN.

Mère Ursule... l'enfant que pleure Marie-Rose, je viens de la voir...

URSULE, *à part.*

Ciel!...

SÉBASTIEN.

C'est invraisemblable, c'est impossible... Pourtant cela est... Oh! on ne peut pas tromper un peintre... Les mêmes lignes, le même regard... Cette enfant, c'est Marie-Rose à quinze ans.

URSULE.

Oh! taisez-vous... taisez-vous!... (*Elle va fermer la porte par laquelle Mignonne est sortie.*)

SÉBASTIEN.

J'ai bien vu, n'est-ce pas?... j'ai dit vrai?

URSULE.

Oui... vous avez deviné ce qu'Ambroise m'avait fait jurer sur la sainte croix de cacher à tout le monde... à cette enfant surtout... Écoutez : le jour même de votre départ de Marseille, Ambroise, en apprenant qu'il allait être père, au moment même où il se croyait trahi, Ambroise voulait tuer ma fille, que la terreur avait rendue folle... Pendant deux jours et deux nuits je veillai Marie-Rose, dont le délire était effrayant... Le troisième jour elle était plus calme; Ambroise me força de prendre quelques heures de repos... Pourquoi ai-je cédé à ses instances? Le lendemain, à mon réveil, j'étais seule dans la maison, Ambroise m'avait enlevé ma fille!... Quelques lignes tracées à la hâte m'annonçaient qu'il allait cacher pour toujours, et à tout le monde, et Marie-Rose, et sa honte... Je revins ici bien triste, bien malheureuse... A quelques mois de là, au milieu de la nuit, j'entendis frapper au volet de cette fenêtre; une voix m'appela... c'était la voix d'Ambroise... Je courus ouvrir... Sa pâleur me fit tressaillir d'épouvante... Rassurez-vous, me dit-il, votre fille existe... Puis, entr'ouvrant son manteau, il me présenta un pauvre petit enfant endormi... « Cet enfant, me dit-il, est celui de l'adultère; il vivra, mais à la condition que nul ne saura jamais que c'est l'enfant de Marie-Rose... de Marie-Rose qui, trompée par moi, pleure à présent sur un berceau vide. » Je promis... Il me laissa la chère petite abandonnée... et disparut pour ne plus revenir... La Mignonne a grandi sous mon toit... elle se croit orpheline, et prie avec moi, chaque soir, pour Marie-Rose, sans se douter que Marie-Rose est sa mère... Mais Dieu ne permettra pas que la pauvre petite ne connaisse jamais sa famille... il enverra à Marie-Rose un éclair de raison, alors l'honnête femme se justifiera... oui, Sébastien! en vain votre raison l'accuse, en vain son mari la condamne, mon cœur me le dit... Marie-Rose est une honnête femme!...

SÉBASTIEN.

Eh bien!... cet éclair de raison, j'essaierai de le faire jaillir, moi... je retournerai à Montmayour et je...

URSULE, *vivement.*

Montmayour?... C'est donc là qu'est ma fille?...

SÉBASTIEN.

Allons, bon!... voilà tous les secrets d'Ambroise mis au grand jour... Vous vous garderez bien d'abuser de cette confidence involontaire : vous comprenez qu'une démarche imprudente détruirait à l'avance tout ce que je veux tenter... Ambroise nous échapperait encore et le hasard ne me le ferait peut-être pas découvrir une seconde fois.

URSULE.

Oh! je me tairai... mais... qu'espérez-vous?...

SÉBASTIEN.

Ramener l'esprit de Marie-Rose vers le passé... lui mettre sous les yeux les sites qu'enfant elle a parcourus, que jeune fille elle admirait, la maison où elle fut si heureuse, la bonne mère qu'elle aimait si tendrement; c'est avec un portefeuille bien garni que je retournerai là-bas.

URSULE.

Bon Sébastien!... soyez béni pour ce que vous voulez faire... Quoi qu'il arrive, ma chère Mignonne aura un véritable ami, un protecteur dévoué... Oh! je puis mourir à présent!

SÉBASTIEN.

Non pas, bonne mère, il faut vivre au contraire pour voir tous vos enfants heureux... Tenez, je vous peindrai tous en famille... et ce tab'eau-là, vive Dieu! ce tableau-là sera mon chef-d'œuvre! Mais les croquis d'abord... je me rappelle un site qu'affectionnait surtout Marie-Rose, nous l'avons dessiné vingt fois ensemble : la roche de la Madeleine, sur laquelle Ambroise, Marie-Rose et moi nous avons gravé nos noms; la roche est toujours à sa place... Eh bien! je commencerai par là... mais retrouverai-je le petit sentier qui nous y conduisait?

URSULE.

Je vais vous donner un guide. (*Appelant.*) La Mignonne! la Mignonne!

SÉBASTIEN.

Elle!... vraiment?

URSULE.

Elle vous accompagnera jusqu'à l'entrée du sentier; une fois là...

SÉBASTIEN.

J'irais à la roche les yeux fermés.

SCENE VIII.

LES MÊMES, LA MIGNONNE, MARIOLLE.

LA MIGNONNE.

Vous m'appelez, bonne mère?

MARIOLLE.

Quoi qu'il y a, hein?

URSULE, *à la Mignonne.*

Tu vas sortir avec Sébastien.

LA MIGNONNE.

Avec monsieur!

URSULE.

Oh! c'est un ami, un véritable ami... il va passer quelques jours avec nous. Mariolle, tu prépareras pour lui...

SÉBASTIEN.

La petite mansarde.

MARIOLLE.

Celle où il y a des bonhommes sur tous les murs?

SÉBASTIEN.

Juste! je faisais des économies de papier alors; mais je n'occuperai cette chambre que dans trois jours... il me faut une toile, des pinceaux, des couleurs, et je ne puis trouver cela qu'à la ville... on peut gagner la grand'route en passant devant la roche de la Madeleine?

URSULE.

Sans doute. Toi, Mignonne, tu ne quitteras notre ami qu'à l'entrée du sentier des Primevères.

LA MIGNONNE.

Soyez tranquille!

SÉBASTIEN.

Mon portefeuille, mes crayons?... J'ai ce qu'il me faut. En route, la Mignonne; à bientôt, mère Ursule.

URSULE.

Attendez, je vais avec vous.

MARIOLLE.

Ah ben! par exemple!

URSULE.

Jusqu'au bout du jardin. (*A Sébastien.*) Ça m'a fait tant de bien de vous voir... De la petite terrasse, je vous verrai jusqu'à l'aqueduc.

MARIOLLE.

Faut-il vous donner le bras?

URSULE.

Non, non, je ne me suis jamais sentie plus forte... puis, j'ai mon bâton.

SÉBASTIEN, *lui offrant le bras.*

Et moi, bonne mère. (*Ils sortent tous les trois par la droite.*)

SCENE IX.

MARIOLLE, *puis* AMBROISE.

MARIOLLE, *regardant vers le jardin.*

Comme elle marche cette bonne vieille... croirait-on que nous avons failli la perdre? (*Desservant la table.*) Ah! le médecin d'Aix a fait là une belle cure... mais je crois bien que c'est le voyageur de ce matin qui a achevé le rétablissement... Ma fine! si j'étais malade, v'là le docteur qui me conviendrait.

AMBROISE, *s'arrêtant au fond et d'une voix émue.*

Dites-moi, la fille... madame Ursule Bompart?

MARIOLLE.

Encore un étranger! (*Haut.*) C'est ici, m'sieu.

AMBROISE, *avec hésitation.*

Je sais bien... mais je voulais vous demander...

MARIOLLE.

Ah! bon... de ses nouvelles?... ça allait très-mal... ça va très-bien.

AMBROISE, *à lui-même.*

Dieu soit loué!... je pourrai encore une fois la voir et lui parler! (*Haut.*) Est-elle seule?

MARIOLLE.

Toute seule.

AMBROISE, *avec joie.*

Ah! tant mieux!

MARIOLLE, *à Ambroise qui va vers la gauche.*

Eh bien! où donc que vous allez?

AMBROISE.

Trouver la mère Ursule... N'est-ce pas là sa chambre?

MARIOLLE, *à elle-même.*

Il connaît aussi la maison celui-là! (*Haut.*) Il n'y a personne dans sa chambre... mame Ursule est au jardin.

AMBROISE.

Merci. (*Il va vers le jardin, puis s'arrête.*) Paraître brusquement devant elle... lui causer une telle émotion...

MARIOLLE, *qui le voit hésiter.*

Vous ne vous trompez pas... le jardin est bien de ce côté-là.

AMBROISE, *à lui-même.*

Il vaut mieux qu'elle soit préparée à me voir. (*Haut.*) Alle[z] chercher votre maîtresse et annoncez-lui ma visite.

MARIOLLE.

Je ne vous connais pas moi... qui ça que je lui nommerai?

AMBROISE.

Nommez-lui Étienne Ambroise.

MARIOLLE, *involontairement et le regardant avec curiosité.*

Le jaloux! (*Se reprenant.*) Excusez... c'est un mot qui m'a échappé parce qu'on vous nomme comme ça dans le pays... je voulais dire : le gendre à la bourgeoise.

AMBROISE, *contenant son émotion.*

Je ne puis rester longtemps dans cette maison et il faut absolument que je parle à madame Ursule... hâtez-vous.

MARIOLLE.

Je cours la chercher. (*A part.*) Moi qui m'en faisais une idée terrible!... Cet homme-là à l'air plus malheureux que méchant.

SCENE X.

AMBROISE, *seul.*

Oh! non, je ne resterai pas longtemps ici... je croyais pouvoi[r] affronter toutes les émotions du souvenir, et rien qu'à l'aspec[t] de cette maison j'ai senti faiblir mon courage... quand j'ai passé l[e] seuil de cette porte, le vertige m'a pris. (*Regardant autour d[e] lui.*) Je ne puis jeter les yeux nulle part ici sans que tout mo[n] passé ne se réveille... C'est là, assis près d'elle, à cette même place que je lui demandai sa main... et le lendemain quand, inquiet.. tremblant... j'attendais là-bas... près de cet olivier que je vo[is] encore... que Marie-Rose eût tout avoué à sa mère, c'est à cet[te] fenêtre qu'elle parut avec la joie dans les yeux et qu'elle me di[t] dans un sourire : Viens, mon Ambroise, ma mère veut embrasse[r] son fils!... Voilà la chambre qui fut la nôtre. (*Il entr'ouvre l[a] porte à droite et dit avec surprise.*) Rien n'est changé? (*Ave[c] attendrissement.*) Oui, je revois tout, même son bouquet de ma[-]riée... son bouquet... que sa mère avait voulu garder. (*Il re[-]garde plus attentivement.*) Mais que vois-je donc là?... des vête[-]ments de jeune fille! (*Fermant la porte avec colère.*) Je devine.. c'est la chambre de cette enfant!

SCENE XI.

AMBROISE, URSULE.

URSULE, *entrant sur les derniers mots d'Ambroise.*

Oui, de l'enfant que vous venez chercher peut-être?

AMBROISE, *se découvrant.*

Laissez-moi vous dire d'abord que je remercie le ciel qui vous a conservée à notre tendresse. De la retraite que j'habite, je n'ai pas cessé de veiller sur vous, comme c'était mon devoir. Je reçois souvent de vos nouvelles; mais le notaire de ce pays qui me les adresse ne sait pas lui-même en quel lieu elles me parviennent. Hier une lettre de lui m'a appris que nous étions menacés d'un malheur, d'un deuil que la bonté de Dieu nous épargne...

URSULE.

Vous êtes venu parce que vous me croyiez morte... n'est-ce pas?

AMBROISE.

Non, je me suis hâté parce que j'espérais bien vous revoir encore... On m'avait écrit qu'après vous l'enfant serait sans asile, abandonné à la charité publique... Je ne voulais pas cela, et je suis accouru pour vous dire que je sais comment assurer le sort de l'étrangère que vous avez recueillie.

URSULE, *vivement.*

L'étrangère!

AMBROISE.

Tant que vous lui restez je ne peux pas dire l'orpheline.

URSULE.

Ambroise, vous n'avez qu'un vague indice du crime, auquel je ne crois pas, et vous êtes sans miséricorde... Ma fille, privée de la raison, ne sait pas même de quoi elle est accusée, et c'est pour la mieux torturer que vous lui avez enlevé son enfant, que vous l'avez séparée de sa mère.

AMBROISE.

Ah! maudissez-moi! Dieu seul sait ce que je souffre, lui seul sait ce qui se passe dans l'asile où je cache Marie-Rose à tous les yeux. Ah! oui, je la cache bien!... car les ordonnances défendent de garder chez soi une insensée fût-elle votre mère, votre fille, votre femme!... Si on soupçonnait la vérité... on viendrait l'arracher de mes bras; voilà pourquoi je me suis éloigné des villes; et même, jusque dans le pays sauvage où je me suis retiré, j'ai peur, peur pour elle. — Si la défiance de mes voisins était éveillée, s'ils surprenaient Marie Rose dans un de ses accès de délire, elle serait perdue! — Ces hommes ne voient dans les fous que des incendiaires qu'il faut charger de chaînes et jeter dans un cachot. Depuis quinze ans je n'ai pas quitté Marie-Rose, depuis quinze ans je veille sur son malheur, comme un avare sur son trésor. Calme presque toujours, ce n'est que quand l'orage gronde, quand la foudre éclate que sa folie devient violente!... furieuse!... alors il me faut étouffer ses cris, ses sanglots; alors les craintes, les douleurs sont pour le bourreau, la victime n'a pas même la conscience de son infortune... Le passé qui me tue est effacé pour elle. Et quand l'orage s'éloigne, quand la crise se calme, Marie-Rose me regarde avec la même sérénité qu'autrefois; je pleure, — elle sourit. J'ai l'enfer dans le cœur, — elle est presque heureuse!... Oh! moi aussi je voudrais oublier. Moi aussi je voudrais être fou...

URSULE.

Presque heureuse, dites-vous? Elle ne se souvient donc plus de son enfant.

AMBROISE.

Vous me rappelez le but de mon voyage. Il existe à Sainte-Estève une communauté de pauvres religieuses, où, moyennant une dot, votre protégée pourra trouver un asile. Je vais me rendre à ce couvent, payer la dot et faire dresser l'acte d'admission.

URSULE.

Dans un cloître! ma fille, dans un cloître!

AMBROISE, *avec calme.*

Elle y entrera demain...

URSULE.

Demain... Vous me trompez, Ambroise... vous ne ferez pas cela? (*On frappe à petits coups à la porte du jardin.*) Ah! la voilà.

AMBROISE.

Qui donc?

URSULE.

Elle... l'enfant... J'ai dit qu'on vînt m'avertir de son retour.. Ambroise... si vous vouliez la voir... vous en auriez pitié, Ambroise, vous l'aimeriez!

AMBROISE, *s'éloignant rapidement.*

L'aimer!... elle!... elle, la fille de l'infâme qui a perdu Marie-Rose! Elle, la preuve vivante de son déshonneur! Non, je ne veux pas la voir; non, je n'aurai pas pitié d'elle. Ce n'est pas assez de la distance, ce n'est pas assez de ma haine... entre elle et moi je veux élever les murs d'un cloître.

URSULE.

De la haine! pour un enfant!

AMBROISE.

Oui, je la hais de tout l'amour que j'ai pour sa mère... Cet enfant, c'est mon bonheur brisé quand mon amour survit à ma honte... c'est ma vie condamnée au supplice du mépris pour celle que j'aime encore... Cet enfant, c'est l'aliment éternel de ma fureur impuissante à se venger... Enfin cet enfant... c'est le malheur... c'est le crime... on repousse le malheur, et le crime doit être puni!

URSULE.

Ambroise! — Ambroise, pensez à Dieu!

AMBROISE.

Qu'il me juge; moi, j'ai condamné. (*Il sort.*)

SCÈNE XII.

URSULE, *seule.*

Demain, dit-il, demain on viendra me la prendre, puis dans quelques mois des vœux éternels la sépareront à jamais de sa mère; non, c'est impossible. Sébastien la sauvera. Sébastien? il ne reviendra que dans trois jours, et c'est demain. — Demain... non, cela ne sera pas. Mais que faire?... comment empêcher?... où la cacher ma fille?... Ma pauvre tête, affaiblie par l'âge et par le mal, voit bien le danger, mais voilà tout... ce qu'il me faudrait pour sauver cette chère petite, c'est de la force... c'est une inspiration... et je ne trouve rien... rien que des larmes!... (*Avec désespoir.*) O malheureuse vieillesse qui ne peut que pleurer!

SCÈNE XIII.

URSULE, LA MIGNONNE.

LA MIGNONNE, *entr'ouvrant la porte à gauche, et avançant la tête.*

Mère Ursule... il est parti... je peux entrer, n'est-ce pas?

URSULE, *à elle-même.*

Ce que je cherche, si elle pouvait me le dire... mais oui... peut-être!... Dieu quelquefois inspire les enfants.

LA MIGNONNE.

Mais je ne me trompe pas... vous pleurez... oh! vous pleurez et vous ne m'appeliez pas!

URSULE.

Ne fais pas attention à mes larmes... mets-toi là et écoute-moi bien... j'ai un conseil à te demander.

LA MIGNONNE, *s'asseyant aux pieds d'Ursule.*

A moi!... mais c'est vous au contraire qui êtes mon guide.

URSULE.

Aujourd'hui tu ne dois pas en avoir d'autres que ta raison et que ton cœur.

LA MIGNONNE.

Parlez, mère Ursule, et, je vous le promets, tout ce qu'ils me diront vous le saurez.

URSULE, *avec embarras.*

Tiens, pour bien te faire comprendre ce que je ne sais comment te dire, figure-toi une pauvre vieille comme moi et un enfant de ton âge qui sont ensemble comme nous sommes maintenant.

LA MIGNONNE.

Je ne les trouve pas à plaindre si elles s'aiment comme nous nous aimons.

URSULE.

On veut les séparer.

LA MIGNONNE, *vivement.*

Personne n'a ce droit-là.

URSULE.

Un père, même injuste, garde toujours ses droits.

LA MIGNONNE.

Alors ce n'est plus comme nous puisque l'enfant a son père.

URSULE.

Il l'a maudite et chassée de chez lui à sa naissance... après quinze ans il la poursuit de sa haine auprès de celle qui l'a protégée. Si, avant demain, l'enfant n'a pas trouvé un autre refuge, demain son père la fait enfermer dans un cloître... et c'est ce refuge que je demande pour elle... Voyons, cherche avec moi... dis... où peut-elle aller? en quel lieu peut-elle se cacher si bien que son père ne l'y découvre pas?

LA MIGNONNE.

Je ne sais, moi... car, s'il la hait à ce point-là, pour que sa volonté s'accomplisse, il la poursuivra encore... elle aura beau changer de nom... elle ne peut changer de visage... partout il la reconnaîtra.

URSULE.

Il ne l'a jamais vue.

LA MIGNONNE, *étonnée.*

Ah!

URSULE.

Oui, elle est inconnue pour lui aussi bien qu'elle est morte pour sa mère.

LA MIGNONNE.

Vous ne me disiez pas qu'elle avait aussi sa mère.

URSULE.

Ça n'ôte rien à son malheur, puisque la pauvre femme ne peut que la pleurer et non pas la défendre.

LA MIGNONNE, *très-simplement.*

Mère Ursule, vous demandez un refuge pour cette enfant; mais il me semble qu'il n'est pas besoin de chercher si loin. Je lui en ai trouvé un, moi... oui, un refuge où celui que vous craignez pour elle ne pensera pas à la découvrir.

URSULE, *vivement.*

Où cela mon Dieu! où cela?

LA MIGNONNE.

Chez son père qui ne la connaît pas, près de sa mère qui la pleure.

URSULE.

Oh! Seigneur je disais bien: vous inspirez les enfants!

LA MIGNONNE.

Comme vous êtes agitée, émue!

URSULE.

La Mignonne, il va falloir nous quitter.

LA MIGNONNE.

Nous quitter!

URSULE.

Tu viens toi-même de me le dire: ton plus sûr asile est près de ta mère.

LA MIGNONNE.

Ma mère!... (*Elle regarde Ursule que l'émotion empêche de parler; puis elle joint les mains et tombe à genoux.*) J'ai une mère!...

URSULE.

Oui, qui souffre, qui pleure et à qui tu dois tes soins et tes consolations... tu ne la sauveras pas peut-être... pour ça il faudrait pouvoir lui dire: je suis ta fille, et ce secret-là, il faut le cacher à Marie-Rose!

LA MIGNONNE, *qui peu à peu s'est relevée.*

Marie-Rose!... cette pauvre femme qui n'a plus sa raison... Marie-Rose pour qui toute enfant vous m'avez enseignée à prier. C'est ma mère?... Mais alors je suis votre fille aussi... et à vous je peux le dire ce nom qu'il m'est défendu de prononcer ailleurs. (*Se jetant au cou d'Ursule et l'embrassant.*) Ma mère! ma mère! ma mère!... (*Ursule l'embrasse. Après un temps.*) Pour que monsieur Ambroise m'en veuille tant quel mal ai-je donc fait?

URSULE.

Tu ne dois pas savoir pourquoi ton père fut injuste et méchant... mais je te dis: tu as une mère, elle a besoin de toi; et elle est à Montmayour.

LA MIGNONNE.

Quel jour dois-je partir, mère Ursule?

URSULE.

Aujourd'hui, tout à l'heure, à l'instant; demain il serait trop tard. Mais que vas tu dire en arrivant?

LA MIGNONNE.

Que je demande à gagner ma vie en travaillant aux champs ou bien comme petite servante.

URSULE.

Bien... d'ailleurs, dans quelques jours Sébastien ira te retrouver là-bas; laisse-toi conduire par lui, ne fais rien que par ses conseils, surtout ne prononce jamais mon nom.

LA MIGNONNE.

Soyez tranquille, j'ai de la tête et du courage; que Dieu permette seulement qu'on me reçoive à Montmayour; une fois qu'il ne s'agira plus que de mériter d'être aimée, on m'aimera, grand'mère, je vous en réponds, on m'aimera!

SCÈNE XIV.

LES MÊMES, AMBROISE, *au dehors.*

AMBROISE, *frappant à la porte du fond.*

Mère Ursule, êtes-vous seule? c'est moi.

URSULE.

Ton père... s'il te voit, tout est perdu.

LA MIGNONNE.

Il ne me verra pas. (*Elle ouvre la porte de l'armoire qui, en restant ouverte, la masque, à Ambroise qu'Ursule reçoit sur le seuil de la porte du fond.*)

URSULE, *allant ouvrir à Ambroise qui reste sur le seuil.*

Que voulez-vous encore, Ambroise?

AMBROISE.

Tout est réglé avec la supérieure et je viens chercher l'enfant pour la conduire à la communauté.

URSULE.

Vous! déjà, Ambroise! vous m'aviez dit: demain. Laissez-la-moi encore un jour!... jusqu'à demain, Ambroise, jusqu'à demain, je vous le demande à genoux. (*Elle va pour s'agenouiller.*)

AMBROISE, *la relevant avec respect.*

Eh bien, soit, ma mère, j'ai votre parole, vous la conduirez demain.

LA MIGNONNE, *cachée, à Ambroise et passant par la fenêtre.*

Demain, je serai à Montmayour!

ACTE III.

L'INONDATION.

Site pittoresque. — Aux premier et deuxième plans, à gauche du public, une grange à demi ruinée, on y arrive par un escalier dit de meunier; un pan de mur renversé laisse voir l'intérieur de la grange, des gerbes y sont amoncelées, on y distingue aussi quelques fagots. — Au troisième plan, la porte charretière donnant entrée à la ferme. — Au cinquième plan, la route. — Au delà, une rivière qu'un récent orage a fait déborder. — Quelques petits arbres qui bordaient la route du côté de la rivière sont en partie dans l'eau. — Un petit bouquet de saules est à peu près submergé. — Au premier plan, à droite, une meule à moitié renversée par l'ouragan; aux troisième, quatrième et cinquième plans, des arbres brisés et couchés par terre. — Au lever du rideau, il y a un grand mouvement sur le théâtre. — Des paysans formant la chaîne rentrent dans la grange des gerbes de blé qu'on décharge d'une charrette dont on a dételé les chevaux. — Jean Caussade, le fermier, préside à ces travaux et presse les travailleurs. — On voit passer au fond, sur la route, d'autres paysans emportant aussi des gerbes qu'ils rentrent chez eux.

SCÈNE I.

JEAN CAUSSADE, CATOR, MOISSONNEURS, *puis* GEORGETTE.

CAUSSADE.

Allons, du cœur, les amis, rentrons vite en grange c' que l'ouragan d'aujourd'hui nous a laissé de nos pauvres gerbes qu'étaient si belles hier au soir; allons, Cator, allons, mon vieux.

CATOR.

Ça n'est pas le cœur qui manque, non dà, c'est la force. Voilà huit heures que nous travaillons, là, sans débrider, aussi, sauf vot' respect, sans manger.

CAUSSADE.

Vraiment? après ça, l'orage m'a tant tellement bouleversé. Ecoutez donc, mes enfants, quand le vent souffle si fort, qu'il découvre les trois quarts de vos bâtiments, quand le tonnerre éclate si souvent qu'on ne voit plus que feu et flammes, quand la pluie tombe si dru que la rivière déborde et que l'eau entraîne ce que le vent n'a pas emporté et ce que le feu du ciel n'a pas brûlé, ma fine, on peut ben oublier le déjeuner et dîner itou.

GEORGETTE, *apportant une énorme chaudière et suivie d'une servante apportant des écuelles et des cuillers.*

Oui... mais, quand on a une femme qui a de la tête, rien n'est oublié, et v'là la soupe.

CATOR.

Vive madame Georgette...

GEORGETTE.

Elle ne sera peut-être pas fameuse .. je ne sais pas trop avec quoi elle a été faite... mais c'est de bonne amitié que je vous l'offre.

CATOR.

Si, avec votre bonne amitié, vous y avez mis du chou et

peu de lard, on s'en contentera encore... A la soupe, tout le monde.

LES MOISSONNEURS.

A la soupe. (*Ils entourent Cator et Georgette qui font la distribution.*)

CAUSSADE, *à lui-même.*

Tout est à peu près rentré; il y a bien encore cette meule que le vent a plus d'à moitié couchée par terre et que la pluie a toute trempée... Bah! ces gerbes sècheront mieux à l'air que dans la grange.

GEORGETTE.

Tiens, mon homme, v'là ta soupe.

CAUSSADE.

Dans une écuelle?

GEORGETTE.

Pour les assiettes, faudra s'en passer pendant quelque temps; la maîtresse poutre du comble est tombée sur ma vaisselle.

CAUSSADE.

Quel dégât, Seigneur, quel dégât!

GEORGETTE.

Avec le temps, du travail et l'aide de Dieu, tout se réparera: si le blé est moins tassé dans les granges, il se vendra plus cher sur le marché... Renfonce donc tes soupirs et mange comme tout le monde.

CATOR, *aux moissonneurs.*

Mame Caussade a raison, la soupe est la consolation de l'homme. Nous sommes encore plus heureux que les gens d'Andillac qui ont leurs maisons dans l'eau, et qui sont en train de repêcher leurs meubles.

GEORGETTE.

Ça me fait penser que ma tante Girard, qui a sa ferme dans la vallée, est peut-être bien dans l'embarras. Il n'y a que pour un quart d'heure de chemin, je vas courir jusque chez elle.

CATOR.

Vous ne pourrez pas passer, mame Caussade.

GEORGETTE.

J'essaierai du moins; c'est quand ils sont dans le malheur qu'il faut se souvenir de ses parents.

CAUSSADE.

Je ne veux pas que tu t'exposes, je vas y aller.

GEORGETTE.

Tu es plus utile ici que moi... d'ailleurs ne t'inquiète pas; du bois des oliviers on découvre toute la campagne, et si on ne peut pas descendre dans le val, eh ben, je reviendrai... Au revoir, mes enfants... bon appétit.

TOUS.

Merci, mame Caussade. (*Georgette sort en courant.*)

CATOR.

Elle n'ira pas loin... on nous disait tout à l'heure qu'en bas du calvaire, la route était tout inondée... Tenez, voyez-vous, les autres, il n'y a rien d'aussi effrayant que l'eau.

SCENE II.

LES MÊMES, PIERRE ROBERT.

PIERRE ROBERT, *entrant vivement un fusil à la main.*

Si! il y a quelque chose de plus effrayant encore, c'est le feu!

TOUS.

Le feu!

CAUSSADE.

Le feu!! oùs qu'il est?

ROBERT.

Nulle part à présent, mais tout à l'heure il sera peut-être chez moi, chez vous, chez tout le monde.

CATOR.

Quoi donc qu'il y a?

ROBERT.

Il y a... il y a une folle dans la campagne.

TOUS, *se levant.*

Une folle!

ROBERT.

Oui, une folle qui vous incendiera, comme Jacques Basselin, le fou de l'année dernière, m'a incendié, moi!

CAUSSADE.

Il ne nous manquait plus que ça... mais es-tu sûr de ce que tu dis?

ROBERT.

Sûr et certain... je l'ai vue, de mes deux yeux vue!

CASTOR.

C'te folle... sait-on qui c'est, hein?

ROBERT.

C'est la fermière de Montmayour.

CATOR.

Madame Ambroise?

TOUS.

Madame Ambroise?

ROBERT.

Elle-même! v'là pourquoi on la cachait si bien... ces cris qu'on entendait la nuit, c'étaient des accès de fureur.

CAUSSADE.

Ils l'ont donc laissée sortir?

ROBERT.

Est-ce que les fous ne finissent pas toujours par se sauver...

CATOR.

Comment que vous avez découvert ça?

ROBERT.

Voilà... Vous savez que le mur de ma ferme est mitoyen avec le cimetière, même qu'il y a une petite porte qui de chez nous y donne entrée... C'te nuit, la chaleur était si lourde, l'orage menaçait si fort, que je ne pouvais pas dormir; alors je me suis levé et je suis descendu dans ma cour en me disant: pour me distraire je vas aller voir mes bêtes... En passant le long du mur, il m'a semblé entendre le grincement de la petite porte.

CAUSSADE.

Celle du cimetière?

ROBERT.

Juste...! Comme je croyais l'avoir fermée hier, je me dis, je rêve tout éveillé... Pourtant je reviens sur mes pas pour m'assurer de la chose... il faisait noir comme dans un four et je marchais en tâtonnant, les deux bras en avant, comme ça... tout à coup, je sens une main qui se pose sur la mienne, et c'te main était si froide qu'on aurait dit celle d'un mort.

CAUSSADE.

Credié! que j'aurais eu peur!

CATOR.

J'aurais crié.

ROBERT.

Moi aussi... Mais je ne trouvais même plus mon souffle... c'te main me tenait comme dans un étau et elle m'attirait, elle m'attirait toujours... puis une voix sourde et rauque me dit: Viens... viens...

CAUSSADE, *avec terreur.*

Où ça?

ROBERT.

Au cimetière! Oh! alors je veux m'enfuir... mais la main me tenait plus fort... Enfin les éclairs qui brillent me font voir le fantôme que j'avais devant moi; c'était une femme, c'était Marie-Rose.

TOUS.

Marie-Rose!

CATOR.

Tout ça c'est peut-être un cauchemar.

ROBERT.

Je ne pouvais pas croire moi-même à ce que j'avais vu... je regagnai la maison... malgré la chaleur... je rallumai le feu dans l'âtre de la grande salle... A la clarté du foyer... je vois remuer le rideau de la fenêtre, je me dis c'est le vent, on aura laissé la croisée ouverte; je tire le rideau... et je me retrouve en face de Marie-Rose qui s'était sauvée et cachée là... c'te fois je ne rêvais pas... Ses yeux étaient effrayants; elle me regardait juste de la même façon que Jacques Basselin m'avait regardé... je lui parle, elle me repond par un éclat de rire qui me fait froid au cœur; je veux la prendre, elle me glisse dans les mains comme une couleuvre... je veux la poursuivre, alors, saisissant dans l'âtre un tison enflammé elle me repousse et se sauve dans la campagne en laissant derrière elle une longue trace d'étincelles et de fumée; je crie au feu, toute la maison se réveille, bêtes et gens se mettent à la poursuite de la folle; mais le jour était tout à fait venu et l'ouragan était dans toute sa force que nous la cherchions encore.

CAUSSADE.

Elle sera peut être retournée Montmayour?

ROBERT.

Non, car les gens de la ferme d'Ambroise sont aussi à la poursuite de Marie-Rose; elle se sera cachée dans quelque grange, blottie sous quelque meule, et c'est par l'incendie qu'on découvrira sa cachette, comme c'est par l'incendie de ma grange que l'année dernière on a découvert la retraite de Jacques Basselin... Mais Marie-Rose ne rentrera pas chez moi, tout mon monde fait bonne garde... vous autres, imitez-moi, décrochez vos fusils; pendant que les femmes garderont les maisons, que les hommes se mettent en chasse, il faut prendre Marie-Rose; si elle résiste... si elle veut nous échapper... eh bien...

TOUS.

Eh bien?

ROBERT.

On tirera dessus!

CAUSSADE.

Allons donc! ça serait un meurtre.

ROBERT.

On me disait ça aussi quand je voulais en finir avec Jacques Basselin, je l'ai épargné; une heure après, ma ferme était toute en feu... Je ne me laisserai pas brûler une seconde fois : mieux vaut tuer le diable que le diable nous tue.

QUELQUES PAYSANS.

Il a raison...

ROBERT.

Pour ceux qui voudront me rabattre le gibier il y a une journée double à gagner.

QUELQUES PAYSANS.

Ça nous va, Pierre Robert.

ROBERT.

Alors prenez des fourches, des fléaux, des bâtons, tout ce qui vous tombera sous la main, et sus mes amis, sus à la folle de Montmayour! (*Cinq ou six paysans s'arment de ce qu'il peuvent prendre; puis sortent à la suite de Robert, en criant avec lui : Sus à la folle de Montmayour!*)

SCENE III.

CATOR, CAUSSADE, *trois ou quatre Paysans, puis* GEORGETTE, *suivie de Paysannes.*

CATOR.

Merci, je ne gagne pas de c't argent-là.

CAUSSADE.

Robert est bien dur, c'est vrai, mais enfin si la folle venait chez nous...

CATOR.

Eh bien... on lui jette un sac sur la tête, pour qu'elle ne morde pas, on lui attache les mains pour qu'elle ne griffe pas, puis on la mène au bailliage... voilà...

CAUSSADE.

Père Cator, vous resterez avec nous jusqu'à ce que qu'on ait mis la main sur Marie-Rose... je suis brave, moi, quand je suis deux; mais quand je suis tout seul...

LA VOIX DE GEORGETTE, *au dehors.*

Au secours!... à l'aide!

CAUSSADE.

Hein! je crois qu'on a crié...

CATOR.

C'est la voix de madame Caussade.

CAUSSADE.

Elle aura rencontré la folle... oh! mais, jarni Dieu! quand il s'agit de défendre ma femme, je n'ai plus peur de rien... (*Revenant sur ses pas.*) Venez avec moi, père Cator.

GEORGETTE, *entrant vivement.*

Du secours, vite, du secours!

CAUSSADE.

Pour qui? pour toi, Georgette?

GEORGETTE.

Eh! non! pour une voyageuse égarée prise au milieu de l'inondation.

CATOR.

Où ça?

GEORGETTE.

Là bas, au Calvaire; la pauvre petite aura eu beaucoup de peine à y parvenir, et à c'te heure elle n'en peut plus descendre. Tout le val étant couvert d'eau, j'avais renoncé à aller chez notre tante Girard, je revenais, quand ces moissonneuses qui apercevaient la jeune fille me l'ont montrée... tenez, d'ici... vous la verrez à genoux, évanouie peut-être au pied de la croix. L'eau monte toujours; si l'on tarde à secourir l'enfant, il arrivera un malheur.

CAUSSADE.

Il en arriverait deux si on essayait d'aller jusqu'au Calvaire.

CATOR.

Faudrait un bateau pour ça, et nous n'en avons pas.

GEORGETTE.

Pour un bon nageur, ça ne serait qu'un bain à prendre, et vous, père Cator, vous êtes un vrai poisson.

CATOR.

Je ne suis plus jeune, madame Georgette, et je ne pourrais jamais couper ce courant-là.

GEORGETTE.

Comment! il ne se trouvera pas un homme de cœur qui viendra au secours de l'enfant?...

CAUSSADE, *qui regarde vers la droite.*

Eh! femme!

GEORGETTE, *avec joie, regardant du même côté.*

Si! si! il s'en est trouvé un... voyez... voyez là bas...

CAUSSADE.

C'est un cavalier; il longeait la rivière, il a aperçu la petite et il entre bravement dans l'eau avec son cheval.

CATOR.

Qu'est-ce que je disais? le courant est si fort qu'il entraîne la pauvre bête... elle a déjà perdu pied.

CAUSSADE.

Miséricorde!

GEORGETTE.

Mais l'homme ne perd pas courage, il soutient son cheval qui nage vigoureusement, il coupe le courant; tenez, le voilà au bas du Calvaire.

CATOR.

Voilà un homme et une bête fièrement solides!

CAUSSADE.

Il met la voyageuse sur son cheval... il va rentrer dans le torrent.

CATOR.

Il faut au moins lui indiquer le gué qui le conduira à la pointe des saules...

CAUSSADE.

C'est ça, tout le monde sur le bord de la rivière... Vous, père Cator, qui êtes chantre à la paroisse, montez là haut pour que le voyageur vous voie mieux, et criez-lui sa route.

CATOR, *monté sur le petit palier de la grange.*

Ohé! voyageur, ohé!

UNE VOIX *au loin.*

Ohé!

GEORGETTE.

Il a entendu... et il regarde de notre côté.

CATOR.

Ne quittez pas le bord; à droite il y a un gué; en le suivant vous gagnerez la pointe des saules. (*En ce moment on voit au milieu du fleuve un homme à cheval portant devant lui une jeune fille évanouie; le cheval a de l'eau jusqu'au poitrail et avance péniblement.*)

TOUS.

Courage!... à droite!... toujours à droite!...

LE VOYAGEUR.

Merci, mes amis, je connaissais la route. J'arriverai! j'arriverai. (*Parvenu jusqu'au bouquet de saules, il disparaît derrière les arbres.*)

CATOR.

Décidément voilà un brave homme et une bonne bête.

GEORGETTE.

Sauvés!... ils sont sauvés!

CAUSSADE.

Les voilà!

TOUS.

Les voilà !

SCENE IV.

LES MÊMES, AMBROISE, LA MIGNONNE. (*Ambroise arrive tenant encore devant lui la Mignonne évanouie.*)

CATOR.

Je ne me trompe pas ! la bonne bête, c'est Blanchette; le brave homme, c'est monsieur Ambroise.

TOUS.

Ambroise !...

AMBROISE.

Moi-même, mes amis, qui suis arrivé à temps... car le Calvaire sera inondé tout à l'heure... La pauvre petite n'est qu'évanouie; un grand feu et un doigt de vieux vin la remettront !

GEORGETTE, *aidée des moissonneuses, reçoit la Mignonne des mains d'Ambroise.*

Soyez tranquille, nous en aurons soin... Elle doit être des environs; mais nous ne la laisserons repartir que lorsqu'il n'y aura plus de danger pour elle à se remettre en route. (*On la dépose sur un brancard placé devant la meule.*)

CAUSSADE.

Est-ce que vous ne vous arrêterez pas un moment pour prendre quelque chose aussi ?

AMBROISE.

M'arrêter? oh ! non pas ! l'orage a été terrible, et j'ai hâte d'arriver chez moi. Pourtant je ne pouvais laisser périr cette enfant... Dites-moi, mes amis, vous n'avez pas eu de nouvelles, vous ne savez rien de Montmayour?

GEORGETTE.

Non, rien... mais il ne doit pas vous être arrivé de mal, monsieur Ambroise, une bonne action porte toujours bonheur.

AMBROISE.

Dieu vous entende, (*à part*) et protége Marie-Rose ! (*Il pique des deux et sort rapidement.*)

SCENE V.

LES MÊMES, *excepté* AMBROISE.

CATOR, *à Caussade.*

Pauvre homme !... Pourquoi ne lui avez-vous pas dit...

CAUSSADE, *bas.*

Les malheurs s'apprennent toujours assez tôt. (*Les moissonneuses, après avoir placé la Mignonne sur le bancard, la regardent. Georgette, qui avait un moment suivi Ambroise des yeux, revient à la Mignonne.*)

GEORGETTE.

Est-ce que vous l'avez reconnue? Est-ce que vous savez qui c'est ?

LES MOISSONNEUSES.

Non.

CATOR.

C'est un joli brin de fille tout d' même... En attendant que vous ayez allumé du feu, je vais vous la rechauffer, moi.

CAUSSADE.

Avec quoi ?

CATOR.

Avec mon cognac... Le cognac, ça ferait revenir un mort. (*Il lui donne sa gourde, Georgette l'approche des lèvres de la Mignonne et fait avaler à l'enfant quelques gouttes de liqueur. La Mignonne fait aussitôt un mouvement.*) Frottez-lui les tempes... et le creux des mains avec ce qui reste, et vous allez la voir courir tout à l'heure.

GEORGETTE, *à une moissonneuse.*

Toi, va dire à Mariette de jeter une bourrée dans l'âtre. (*La moissonneuse entre dans la ferme.*) Le fait est que la voilà qui revient...

CATOR.

J'en étais sûr... le temps se remet, nous allons botteler les dernières gerbes, n'est-ce pas, maître Caussade ? (*Bas.*) Si j'ai des nouvelles de la folle, je viendrai vous les donner. (*Haut.*) Allons, vous autres, on n'a plus besoin de vous ici, et il y a encore du blé à ramasser sur le plateau. (*Ils sortent tous et laissent en scène Caussade, Georgette et la Mignonne.*)

GEORGETTE.

Dis donc, mon homme, ça va mieux ! ses mains se réchauffent, et elle rouvre les yeux.

LA MIGNONNE.

Où suis-je donc?

GEORGETTE.

Auprès de bonnes gens qui ont bien tremblé pour vous.

LA MIGNONNE.

Pour moi?... Oh ! oui... j'avais perdu mon chemin... l'inondation m'a surprise... j'ai couru jusqu'au pied d'une grande croix ; là, j'ai prié... j'ai eu bien froid... bien peur... puis... je ne me souviens plus...

GEORGETTE.

Vous vous êtes évanouie, et l'eau qui monte encore vous aurait emportée si un digne homme, au risque de sa vie, n'était allé vous chercher.

CAUSSADE.

Ce n'était pas commode.

LA MIGNONNE, *à Caussade.*

Cet homme, mon sauveur, c'est vous ?

GEORGETTE.

Lui? Ah bien oui ! Il fallait un autre gaillard pour ça, et c'est votre patronne, pour sûr, qui a fait passer là monsieur Ambroise.

LA MIGNONNE.

Monsieur Ambroise?

GEORGETTE.

Le fermier de Montmayour. Ah ! c'est un homme celui-là !

LA MIGNONNE.

Lui !... c'était lui !...

GEORGETTE.

Vous le connaissez?

LA MIGNONNE.

Moi?... non, du tout... je ne connais personne.

GEORGETTE.

Vous n'êtes donc pas de ce pays?

LA MIGNONNE.

Non, je viens de très-loin.

GEORGETTE.

Jeune et délicate comme vous êtes?... votre famille vous a laissée partir ainsi seule?

LA MIGNONNE.

Je n'ai pas de famille.

GEORGETTE.

Pauvre petite !... Comment vivez-vous?

LA MIGNONNE.

De mon travail. Comme la moisson est finie, je voulais me placer comme servante, et on m'a fait espérer qu'à la ferme de Montmayour on voudrait bien de moi.

CAUSSADE.

A la ferme de Montmayour ?

LA MIGNONNE.

Oui... on m'a dit que la maîtresse de la ferme était souffrante depuis longtemps, et j'ai l'habitude de soigner les malades.

CAUSSADE, *à part.*

Merci ! une malade comme Marie-Rose !

LA MOISSONNEUSE, *rentrant.*

Il y a bon feu dans l'âtre, mame Georgette.

GEORGETTE.

Bien. Venez, mon enfant, vos hardes sont toutes mouillées, il faut les faire sécher bien vite; tantôt, si vous le voulez, je vous conduirai moi-même à Montmayour. Je suis sûre que monsieur Ambroise s'intéressera à l'enfant qu'il a sauvée déjà.

LA MIGNONNE.

Merci, madame.

CAUSSADE, *bas à Georgette.*

Tu ne la conduiras pas à Montmayour...

GEORGETTE.

A cause?

CAUSSADE.

Chut. (*Haut.*) Allez, ma petite, chauffez-vous, reposez-vous et soyez tranquille, on ne vous laissera pas dans l'embarras.

GEORGETTE, *à la moissonneuse.*

Conduis-la, Gertrude, j'irai vous retrouver tout à l'heure. (*La Mignonne, après avoir remercié Georgette, entre dans la ferme avec la moissonneuse.*)

SCENE VI.

GEORGETTE, CAUSSADE.

GEORGETTE.

Pourquoi qu' t'as eu l'air mystérieux en me disant de ne pas conduire c'te petite à Montmayour?... Pourquoi n'irait-elle pas, puisqu'elle en a l'idée?

CAUSSADE.

Parce que tout est sens dessus dessous là-bas, parce que monsieur Ambroise n'y retrouvera pas sa femme.

GEORGETTE.

Elle est morte ?

CAUSSADE.

Pis qu' ça, elle est folle, folle furieuse. Elle a manqué de tout brûler chez Pierre Robert ; elle court la campagne, nos voisins la poursuivent, et s'ils ne peuvent pas l'arrêter, s'ils ne peuvent pas la prendre, ils disent comme ça qu'ils la tueront. (*On entend le bruit d'un coup de feu dans la campagne.*)

GEORGETTE.

Oh ! mon Dieu !... qu'est-ce que c'est que ça ?...

CAUSSADE.

C'est Pierre Robert qui fait ce qu'il avait dit ; sauvons-nous, femme, rentrons chez nous, fermons nos portes.

GEORGETTE.

Fermer la porte, quand on poursuit cette malheureuse ! il faut l'ouvrir, au contraire, et lui donner asile.

CAUSSADE.

Pour qu'elle nous brûle ! non pas... Certes, je ne lui ferais pas de mal, mais je ne veux qu'elle m'en fasse... Ils viennent par ici... Rentrons, femme, rentrons et barricadons-nous. (*Il entraîne Georgette, rentre avec elle et ferme la grande porte. On voit passer, au fond, des paysans qui semblent suivre une trace. A peine ont-ils disparu, que les gerbes qui forment la meule s'écartent brusquement, et Marie-Rose paraît. Elle a les cheveux au vent, les yeux hagards et les vêtements en lambeaux. Un mouchoir rouge qu'elle portait au cou se détache et tombe.*)

SCENE VII.

MARIE-ROSE.

Ils sont passés... ils ne m'ont pas vue... Les méchants ! à cause d'eux, je n'ai pas pu retrouver la tombe de ma fille... Ils me poursuivaient pour me prendre, pour m'enfermer encore.... Et je veux retourner au cimetière cette nuit... car cette nuit la lune m'éclairera peut-être... je pourrai lire les noms écrits sur les croix noires... Quand j'aurai lu celui de ma fille... oh ! alors, je serai bienheureuse, je ne craindrai plus rien... je serai forte... je creuserai la terre avec mes mains et je me coucherai auprès de mon pauvre enfant.

ROBERT, *au dehors et au loin, à droite.*

Oh ! eh ! Bridou !

UN PAYSAN, *au loin à gauche.*

Oh ! eh ! Pierre Robert !

ROBERT, *de même.*

Dans les bruyères... par ici !

DES PAYSANS, *de divers côtés et se rapprochant.*

Par ici !

MARIE-ROSE.

Oh ! les voilà ces hommes... s'ils me voient ils me tueront .. et je ne veux pas mourir encore... (*Après avoir parcouru le théâtre comme pour y chercher une cachette, elle aperçoit l'escalier de meunier ; elle monte avec rapidité et disparaît dans la grange.*)

SCENE VIII.

CAUSSADE, *une lanterne à la main, entr'ouvrant la porte charretière.*

CAUSSADE.

Il n'y a plus de bourrée à mettre au feu, et Georgette m'envoie en chercher là-haut. (*Il s'avance hors de la ferme.*) Georgette s'est moquée de moi parce que je prenais ma lanterne ; il ne fait pas clair dans la grange et je verrais des choses effrayantes si je n'y voyais pas... (*Regardant autour de lui.*) Personne, pas de bruit... Il n'y a pas de danger... je me risque... (*Il monte vivement l'escalier et entre dans la grange.*)

SCENE IX.

ROBERT, CATOR, PAYSANS. (*Ils entrent avec précaution et comme cherchant une piste.*)

CATOR.

Vous voyez bien, maître Robert, que vous avez tiré votre poudre aux moineaux, et qu'il n'y a pas plus de folle ici que dessus ma main.

ROBERT.

Oh ! j'y vois clair, et c'est bien elle qui courait là-bas dans les broussailles... (*Apercevant et ramassant le mouchoir de cou de Marie-Rose.*) Qu'est-ce que je disais ?... elle a si bien passé par ici, que voilà son mouchoir de cou... et comme elle était cor par les rabatteurs, elle n'a pas pu dépasser la ferme, elle dans les alentours, ou elle est dedans.

CATOR.

Dans la ferme ? Ah bien, si maître Caussade l'avait s lement entrevue, il aurait jeté de beaux cris. (*Ici on ent Caussade jeter un cri étouffé.*)

ROBERT.

Écoutez ! c'est lui... c'est Caussade qui crie là-haut... (*Ils v se diriger vers la grange ; à ce moment Caussade paraît sur l calier et se laisse glisser plutôt qu'il ne descend ; il est pâle, tre blant et n'a plus sa lanterne.*)

SCENE X.

LES MÊMES, CAUSSADE, *puis* GEORGETTE *et* MIGNONN

CAUSSADE.

A l'aide ! à moi !

CATOR.

Qu'est-ce que vous avez donc ?

CAUSSADE.

Je l'ai vue !

TOUS.

Qui ?

CAUSSADE.

La folle !

TOUS.

La folle !

CAUSSADE.

Elle est là haut dans ma grange, derrière les fagots.

GEORGETTE, *entrant suivie de la Mignonne.*

Qu'est-ce que tu dis mon homme ? — La folle est chez no

LA MIGNONNE, *à part.*

Une folle !

CAUSSADE.

J'étais monté, comme tu me l'avais dit, pour chercher bourrée ; afin de choisir la plus sèche, je levais ma lanterne je me suis trouvé face à face avec deux grands yeux qui me gardaient.

ROBERT.

Ca ne peut être que la folle. — Tu l'avais sous la main, e ne l'as pas prise ?

CAUSSADE.

Au contraire, c'est elle qui m'a pris ma lanterne.

LA MIGNONNE.

Cette folle... la connaît-on ?

GEORGETTE.

Que trop !

LA MIGNONNE, *à part.*

Mon Dieu ! si c'était..

ROBERT.

Cette fois nous la tenons.

LA MIGNONNE, *vivement.*

Qu'allez-vous lui faire ?

ROBERT.

Pardieu ! la prendre et la conduire à la geôle ; suivez-moi, autres ; à nous la folle... à nous Marie-Rose !

LA MIGNONNE.

Marie-Rose !

CAUSSADE, *se plaçant entre eux et l'escalier.*

Malheureux ! si vous faites un pas de plus, je suis ruiné...

TOUS.

Hein ?

CAUSSADE.

Si elle vous entend monter, si elle vous voit paraître, fait de nous.

TOUS.

Comment ça ?

CAUSSADE.

Elle a ma lanterne, ma lanterne allumée ! et elle m'a arrière... ou le feu... le feu !... j'ai plus de douze cents gerb haut ; en une minute elle mettra tout en flammes !

TOUS.

Il a raison.

LA MIGNONNE, *à part.*

Comment la sauver ?

ROBERT.

Que faire alors ?

GEORGETTE.

Il faut agir de ruse, la tromper, l'attirer hors de la grange... Quand on ne craindra plus l'incendie, on fera de la pauvre femme ce qu'on voudra.

CAUSSADE.

Oui... mais qui se chargera de la faire descendre?

LA MIGNONNE, *s'avançant.*

Moi, si vous le voulez.

GEORGETTE.

Toi, petite?

LA MIGNONNE.

Oui.

CAUSSADE.

Mais tu ne sais donc pas que les fous ne connaissent rien... la malheureuse est capable de t'étrangler.

LA MIGNONNE.

Oh! je n'ai pas peur d'elle!

GEORGETTE.

Non... je ne veux pas que tu t'exposes.

LA MIGNONNE.

Je vous en prie, laissez-moi vous venir en aide, à vous qui m'avez si généreusement recueillie, laissez-moi venir en aide aussi à cette pauvre femme.

GEORGETTE.

Tu la connais donc, pour t'intéresser tant à elle?

LA MIGNONNE.

Non... non, madame; je sais seulement que Marie-Rose est la femme de monsieur Ambroise, de monsieur Ambroise à qui je dois la vie... Je serais bien heureuse de m'acquitter envers lui. Ah! je vous le demande à genoux, laissez-moi sauver Marie-Rose.

CAUSSADE.

Voilà une brave petite fille!

ROBERT.

Si c'te folle allait la tuer?

LA MIGNONNE.

Dieu ne le voudra pas.

GEORGETTE.

Écoutez, écoutez. (*L'orchestre joue le prélude de l'air chanté par Marie-Rose au premier acte, et Marie-Rose elle-même fredonne les premières mesures.*) C'est la voix de la folle.

LA MIGNONNE, *à part.*

La voix de ma mère!

MARIE-ROSE, *dans la grange.*

Air *du premier acte.*

Comme elle allait par les chemins,
Priant du cœur, joignant les mains.

(*Elle s'arrête.*)

GEORGETTE.

Que chante-t-elle donc?

LA MIGNONNE, *cherchant dans ses souvenirs.*

Attendez... cette chanson je la connais (*A part.*) Mère Ursule me l'avait apprise. (*Haut.*) Si j'essayais... Oui, cela rassurerait Marie-Rose.

Continuant l'air.

Tout à coup devant elle
Un ange ouvrant son aile,
Lui dit : C'est toi que j'attends là,
Ton bel anneau d'or le voilà;
Puis s'envola.

GEORGETTE, *voyant s'entr'ouvrir la porte de la grange.*

Je la vois... elle vient ici, éloignons nous; la vue de tant de monde pourrait l'effrayer... l'exaspérer, laissons-les seules.

ROBERT, *à demi-voix aux paysans.*

Tenons-nous aux aguets, et à la première alerte... nous en finirons. (*Ils s'éloignent sans bruit; les uns rentrent dans la ferme, les autres se cachent derrière la meule et derrière les arbres.*)

SCENE XI.

MIGNONNE, MARIE-ROSE.

MARIE-ROSE, *paraissant sur le seuil de la grange.*

Qui donc chantait tout à l'heure?

LA MIGNONNE, *affectant le calme et la gaieté.*

C'était moi, madame.

MARIE-ROSE.

Une jeune fille!... (*Avançant un peu plus.*) Vous êtes seule?

LA MIGNONNE.

Oh! tout à fait seule...

MARIE-ROSE.

Et les méchants qui me poursuivaient?

LA MIGNONNE.

Ils sont partis.

MARIE-ROSE, *avançant sur le palier.*

Ah!... (*Regardant le ciel.*) Comme le temps est calme, à présent; comme l'air est pur.

LA MIGNONNE.

Il fait bien bon travailler au soleil. (*Feignant de botteler une gerbe.*) Ne voulez-vous pas descendre pour m'aider?

MARIE-ROSE.

Descendre... non... ils me verraient... ils reviendraient... Ici... je les brave... car j'ai l'incendie pour me défendre.

LA MIGNONNE, *à part.*

Mon Dieu! (*Ici Robert, qui s'était caché derrière la meule, paraît au premier plan à droite.*)

MARIE-ROSE.

L'incendie!... c'est beau. Tu ne sais pas ce que c'est, peut-être? Attends, je vais t'en faire voir un. (*Elle va rentrer dans la grange; Robert, qui a son fusil, ajuste Marie-Rose; mais la Mignonne l'a vu; d'un bond elle s'élance, et, de ses deux petites mains, abaisse le canon du fusil.*)

LA MIGNONNE, *avec effroi.*

Ah!

MARIE-ROSE, *s'arrêtant et se retournant.*

Ce sont eux, n'est-ce pas?

LA MIGNONNE.

Non, madame... ils sont partis.

MARIE-ROSE.

Ils sont partis?

LA MIGNONNE.

Oui... ils sont loin... bien loin.

MARIE-ROSE.

Mais on dirait que toi aussi, tu as peur.

LA MIGNONNE, *affectant la sécurité.*

Peur!... moi!... pas du tout, madame.

TROISIÈME COUPLET.

Prier vaut donc mieux que pleurer;
Qui prie a le droit d'espérer.

MARIE ROSE, *descendant l'escalier.*

Console-toi, pauvrette,
Dieu voit ce qu'en regrette.

LA MIGNONNE.

Le bien perdu te reviendra.

MARIE ROSE, *continuant à descendre.*

Un bel ange qu'il enverra
Te le rendra.

MARIE-ROSE *et* LA MIGNONNE.

Un bel ange qu'il enverra
Te le rendra.

(*A mesure que la Mignonne a vu descendre Marie-Rose, elle a fait à Robert des gestes suppliants pour l'éloigner. Quand Marie-Rose est au bas de l'escalier, Robert a disparu derrière la meule.*)

MARIE-ROSE.

Cet air... qui donc te l'a appris?

LA MIGNONNE.

Une sainte femme qui m'a élevée.

MARIE-ROSE.

Tu avais raison... on est bien au soleil... (*Elle étend les bras; l'un d'eux est ensanglanté.*)

LA MIGNONNE.

Du sang!... vous êtes blessée!...

MARIE-ROSE.

Blessée... je ne sais pas...

LA MIGNONNE, *déchirant son mouchoir de cou.*

Attendez... attendez... (*Elle bande la plaie.*) Vous devez bien souffrir... n'est-ce pas?

MARIE-ROSE.

Je ne sens rien... rien... qu'à la tête... Oh!... là... là... j'ai bien mal.

LA MIGNONNE.

Il ne faut pas rester au soleil, alors... Venez vous placer là, à l'ombre... (*Elle amène et fait asseoir Marie-Rose sur une sorte de brancard qui a servi, au commencement de l'acte, à apporter des gerbes. Ce brancard se trouve tout à fait à l'avant-

scène, et abrité par la meule. Ainsi placée, Marie-Rose ne peut pas voir Caussade qui, pendant la scène qui suit, sort de la ferme et monte doucement dans la grange pour aller chercher sa lanterne. Marie-Rose, assise, reste un moment la tête appuyée sur ses deux mains, et comme cherchant un souvenir.)

MARIE-ROSE.

Cet air!... ma bonne mère me berçait en le chantant... plus tard, moi, je le chantais à Ambroise... Ambroise... qu'il y a longtemps que je ne l'ai vu! est-ce que c'est lui qui t'a envoyée pour me chercher?

LA MIGNONNE, *vivement.*

Oui... oui... c'est lui.

MARIE-ROSE, *lui prenant les deux mains pour la mieux voir en face.*

Regarde-moi donc!... C'est singulier... je ne te connais pas... et j'ai déjà vu ton visage... oui, dans mes rêves... Comment t'appelles-tu?

LA MIGNONNE.

Je n'ai pas de nom. Donnez-moi celui que vous voudrez.

MARIE-ROSE, *se levant.*

Tu n'as pas eu de marraine... J'en ai une, moi... Veux-tu que je t'appelle Geneviève?... j'aime bien ce nom-là... Non... non... c'était celui que j'avais donné à ma fille.. il te porterait malheur... Elle est morte, ma fille... ça te fait pleurer, ce que je te dis là... merci... merci... tu pleures ma fille, toi... moi... vois-tu, je n'ai plus de larmes... je lui ai tout donné...

LA MIGNONNE, *à part.*

Pauvre mère! et ne pouvoir lui dire: l'enfant que tu pleures est là, près de toi...

MARIE-ROSE, *vivement.*

Dis donc, petite, sais-tu lire?

LA MIGNONNE.

Lire... oui, madame.

MARIE-ROSE.

Cette nuit, tu viendras avec moi, et, à la clarté de la lune, nous chercherons toutes les deux sur les croix noires... Oh! nous finirons par trouver.

LA MIGNONNE.

Monsieur Ambroise m'a envoyée ici... comme vous disiez tout à l'heure, pour vous ramener à la maison. Ne voulez-vous pas revenir à Montmayour?

MARIE-ROSE.

A Montmayour?... oui... oui... mais plus tard... plus tard... Je tombe de fatigue... J'ai tant marché, tant couru... Je suis toute brisée... Puis... je ne sais plus pourquoi... j'ai en peur, bien peur... me promets-tu de rester là, près de moi? (*Elle se rassied.*)

LA MIGNONNE, *apercevant Caussade et les autres.*

Oh! oui, je vous le promets...

MARIE-ROSE *a fait asseoir la Mignonne à côté d'elle, puis elle place sa tête sur l'épaule de la Mignonne.*

Tiens... voilà comme je m'endormais dans les bras de ma mère... pendant qu'elle me disait le refrain de sa chanson. (*L'orchestre joue le refrain en sourdine.*) Cette fois... ce n'est pas le sommeil que je sens venir... non... c'est l'anéantissement. (*Elle tombe, en effet, comme en léthargie.*)

SCENE XII.

LES MÊMES, CAUSSADE, GEORGETTE, ROBERT, CATOR, PAYSANS *et* PAYSANNES.

CAUSSADE, *sur le palier de l'escalier, sa lanterne à la main.*

J'ai ma lanterne!

GEORGETTE.

Et Marie-Rose?

ROBERT.

Marie-Rose est à nous, cette fois... (*Ils s'avancent tous pour la saisir, et s'arrêtent à la vue de la pauvre femme endormie sur le sein d'un enfant.*) Ah!

GEORGETTE.

Elle dort!

TOUS.

Elle dort!

ROBERT.

Tant mieux, on la conduira plus facilement à la geôle.

GEORGETTE.

A la geôle!

LA MIGNONNE.

A la geôle... elle... oh! non pas... (*Elle a doucement posé la tête de Marie-Rose sur la partie élevée du brancard, et se pl debout entre Marie-Rose et Robert.*)

ROBERT.

Hein! qu'est-ce que tu dis, petite?

LA MIGNONNE.

Je dis que j'ai fait ce que personne n'osait faire; j'ai tenu que j'avais promis; vous ne toucherez pas à Marie-Rose, vous me laisserez la ramener à Montmayour.

ROBERT.

Nous ne retrouverons jamais une aussi belle occasion et je la laisserai pas échapper. Marie-Rose ne se réveillera qu prison!

LA MIGNONNE.

En prison! elle? Oh! vous me tuerez plutôt! (*Elle s'arme sa faucille; mais Robert l'enlève de terre et la place loin de Ma Rose, qui se trouve ainsi sans défense.*)

ROBERT.

Celle-ci est aussi folle que l'autre. Ça se gagne donc? Allo les amis, finissons-en!

TOUS.

Oui, oui... (*En ce moment un homme paraît; il s'élance e Marie-Rose et les paysans excités par Robert; cet homme, c Ambroise.*)

SCENE XIII.

LES MÊMES, AMBROISE.

AMBROISE.

Arrière!

TOUS.

Ambroise!

AMBROISE, *désarmant Robert.*

Quiconque touche à Marie-Rose, je le tue!

GEORGETTE.

Il défend sa femme et il a raison. (*A Caussade.*) Tu n'er rais pas autant, toi!...

ROBERT.

Ne nous fâchons pas, voisin Ambroise... Vos gens ont dû dire ce qui s'était passé cette nuit... Et tout à l'heure enc sans la courageuse adresse de cette petite, votre femme a incendié la ferme de Caussade, comme, l'an dernier, Jac Basselin a brûlé la mienne.

AMBROISE.

Tu mens!

LA MIGNONNE.

Madame Marie-Rose ne fait de mal à personne... Elle m'éc et se calme à ma voix... Tant que je serai près d'elle on n'a à craindre; vous en avez eu tous la preuve. Eh bien, si on le permet, je ne la quitterai plus.

AMBROISE.

Toi!

LA MIGNONNE.

Oui... jour et nuit je resterai près de madame Ambro jour et nuit je veillerai, jour et nuit je vous répondrai d'ell

AMBROISE.

Chère enfant! d'où peut te venir un pareil dévoument?

LA MIGNONNE.

Vous avez oublié déjà le service que vous m'avez rendu, r sieur Ambroise, mais moi je m'en souviens!..

GEORGETTE.

C'est la petite du Calvaire.

AMBROISE.

Oui... je te reconnais à présent; mais, je ne te laissera payer si chèrement ce que j'ai fait pour toi... D'ailleurs, te rents ne consentiraient jamais...

LA MIGNONNE.

Je n'ai pas de parents.

AMBROISE.

Ton père?

LA MIGNONNE.

M'a abandonnée.

AMBROISE.

Ta mère?

LA MIGNONNE.

Ne m'a pas connue... Enfant élevé par charité, j'allais d lage en village, gagner ma vie avec ma faucille... Mais vo moisson finie... Je ne savais plus où aller demander du tra Prenez-moi, monsieur Ambroise; prenez-moi comme serv Je ne suis pas bien forte encore; mais c'est égal, je vous mets de bien gagner le pain que vous me donnerez.

AMBROISE.

Orpheline, abandonnée!... Oh! tu ne l'es plus... Tu as défendu, sauvé Marie-Rose, peut-être... Viens, mon enfant, ma maison sera la tienne... (*Il l'embrasse.*) Vous l'avez entendu... nous serons deux à présent pour veiller sur Marie-Rose... Voyons, Pierre Robert, veux-tu encore aller dénoncer ma femme?... Et vous, mes amis, serez-vous aussi impitoyables que lui?...

ROBERT.

Impitoyable... Oui, je l'étais tantôt; mais la voix de cette enfant, ces larmes... enfin, tout ça m'a bouleversé comme les autres... Nous voulions porter Marie-Rose sur ce brancard jusqu'à la geôle. T'auras beau dire, Ambroise, nous allons nous mettre à quatre au brancard; mais pour porter madame Ambroise à Montmayour; une fois chez elle, que Dieu et ce bon petit ange-là te la gardent.

GEORGETTE.

Bien parlé, Pierre Robert. (*A Caussade.*) T'en aurais pas dit autant, toi.

CAUSSADE.

Non... mais je le pensais...

CATOR.

Nous porterons le brancard chacun à son tour.

TOUS.

Oui, oui... (*Ils s'apprêtent à soulever le brancard.*)

AMBROISE.

Merci, merci...

GEORGETTE.

Attendez... Si elle s'éveillait en route... il faut qu'elle retrouve cette petite à côté d'elle... La pauvre enfant est bien fatiguée aussi. Elle n'est pas lourde et vous les porterez bien toutes les deux.

CATOR.

Pardieu! et vous avec, si vous voulez! (*Georgette a placé la Mignonne près de Marie-Rose; elle a placé la tête de celle-ci sur l'épaule de la Mignonne.*)

GEORGETTE.

Ainsi, c'est décidé, maître Ambroise, vous gardez la petite. A votre refus, nous l'aurions prise, nous.

AMBROISE.

Je le répète, cette enfant est à présent de la maison; elle est de la famille... (*Il l'embrasse.*)

LA MIGNONNE, *à part.*

Il accueille l'étrangère; il repousserait sa fille.

AMBROISE.

Adieu, madame Georgette... Allons, les amis, en route! (*On soulève doucement le brancard sur lequel sont placées Marie-Rose et la Mignonne. Ambroise marche près d'elles. Tableau.*)

ACTE IV.

LA FOLLE DE MONT MAYOUR.

Un petit jardin très-gai et très-fleuri. — A droite, l'habitation. — Seuil élevé de deux marches. — A gauche, une tonnelle avec un banc et une table. — On vient du dehors par le troisième plan. — Au fond, un mur garni d'un espalier. — Plus loin, la campagne.

SCÈNE I.

LA MIGNONNE, MARIE-ROSE, AMBROISE. (*Marie-Rose dessine sous la tonnelle. Ambroise travaille au jardin. La Mignonne, assise sur les marches de l'habitation, s'est endormie en tricotant.*)

MARIE-ROSE, *à elle-même comme par souvenir.*

Mon rêve... toujours mon rêve!...

AMBROISE, *vivement.*

Hein?... tu dis, Marie-Rose?...

MARIE-ROSE, *à demi-voix.*

Chut! ne parle donc pas si haut...

AMBROISE, *baissant la voix.*

Bah! ça te gêne pour dessiner?...

MARIE-ROSE.

Non... mais vois donc... là bas... la petite... elle dort...

AMBROISE, *qui s'est penché vers la Mignonne.*

C'est ma foi vrai. (*A lui-même, la contemplant.*) Au fait, depuis une semaine qu'elle est chez nous, elle ne prend guère de repos... Marie-Rose ne veut plus être soignée que par elle... si bien que la pauvre enfant passe presque toutes les nuits... et ça avec un cœur, un courage!... Brave petite fille!...

MARIE-ROSE, *avec un geste d'impatience.*

Ambroise, ôte-toi donc de là... tu me la caches... je veux la voir...

AMBROISE.

Ah! très-bien... je comprends... (*A lui-même.*) Elle la dessine... et moi qui me plante là... (*Regardant la Mignonne.*) Le fait est qu'elle est gentiment posée cette enfant.

MARIE-ROSE, *à elle-même, dessinant.*

Oui, c'est mieux... bien mieux que les autres... Je suis contente de celle-là...

AMBROISE, *à lui-même.*

Il paraît que ça ressemble déjà... voyons. (*Il va regarder par dessus l'épaule de Marie-Rose.*) Non... ce n'est pas la petite qu'elle dessinait... Encore cette tête de femme qu'elle recommence sans cesse et qu'elle déchire toujours!

MARIE-ROSE, *tendant le dessin à Ambroise.*

Dis-moi son nom!...

AMBROISE.

Le nom de cette femme?

MARIE-ROSE.

Oui... tu ne le sais pas, toi?... personne ne le sait... je la connais, moi!... c'est ma marraine!... (*Froissant la feuille de dessin et la jetant.*) Allez!... je ne veux plus vous voir. (*Elle se lève et va vers la Mignonne.*)

AMBROISE, *à part.*

Sa marraine!... C'est la première fois qu'elle donne un nom à ce portrait... est-ce la raison qui lui revient ou sa folie qui redouble?

LA MIGNONNE, *rêvant.*

Oui... oui...

AMBROISE, *à Marie-Rose.*

Dis-moi, Marie-Rose?...

MARIE-ROSE, *qui semble écouter la Mignonne.*

Tais-toi... la petite a parlé... écoute...

LA MIGNONNE, *endormie.*

Oui... j'y arriverai à Montmayour... moi?... avoir peur de la folle...

MARIE-ROSE.

La folle?...

AMBROISE, *éloignant Marie-Rose.*

Ne fais pas attention, elle rêve...

MARIE-ROSE.

Moi aussi j'ai rêvé... je ne sais plus quelle nuit... mais je vois toujours mon rêve... le ciel en feu... les champs inondés... je courais la campagne poursuivie par des paysans armés... ils criaient : la voilà! il faut la tuer!... elle est folle!... et puis en me sauvant pour leur échapper je me suis déchiré le bras... C'est bien singulier la force des idées dans le sommeil... on rêve qu'on se blesse et on a la souffrance. (*Relevant sa manche.*) Tiens! c'est là que je croyais m'être fait mal... (*Apercevant sa cicatrice au bras.*) Ah! je suis blessée!... alors je n'ai donc pas rêvé? (*Avec terreur.*) Est-ce que c'est vrai que je suis folle?

LA MIGNONNE, *se réveillant.*

Qu'est-ce que vous avez donc, madame Marie-Rose?

AMBROISE, *brusquement.*

Là! c'est toi qui la réveille, cette petite, et pourquoi?... parce que tu t'es fait un peu de mal en glissant hier sur l'escalier.

MARIE-ROSE.

Ah! c'est hier?... ah! c'est hier!... (*Elle va fermer son carton à dessin.*)

LA MIGNONNE, *à Ambroise.*

Pardonnez-moi... d'avoir dormi, monsieur Ambroise... mais vous étiez auprès de madame Marie-Rose, et...

AMBROISE.

Te pardonner... chère enfant!... tiens, ta maîtresse est assez calme... je reste là... va te reposer jusqu'à tantôt.

LA MIGNONNE.

Merci, monsieur Ambroise, merci... je ne suis plus fatiguée du tout... (*Pendant que la Mignonne s'est approchée de Marie-Rose, un valet de ferme paraît et par un signe appelle à lui Ambroise.*)

AMBROISE, *allant au fond.*

Qu'est-ce qu'il y a?

LE PAYSAN.

Une visite.

AMBROISE.

Excepté Sébastien, je ne reçois personne.

LE PAYSAN, *bas.*

Pas même votre belle-mère?

AMBROISE.

Mère Ursule !... Elle est à Montmayour !...

LE PAYSAN.

Je l'ai fait entrer et asseoir dans la petite salle.

AMBROISE.

Va la chercher... attends... (*A part.*) Il faut que je sache ce qui l'amène ici avant que Marie-Rose ne la voie. (*A la Mignonne.*) Emmène ta maîtresse.

LA MIGNONNE, *allant à Marie-Rose qui est restée rêveuse.*

Madame Marie-Rose... rien n'est en ordre dans la maison... si vous vouliez, nous rentrerions, et j'avancerais mon ouvrage.

MARIE-ROSE.

Oui, je veux bien, rentrons... (*Au moment de monter les marches elle s'arrête.*) Tu dormais là tout à l'heure... et tu rêvais.

LA MIGNONNE.

Moi !...

MARIE-ROSE.

Viens... tu me diras ton rêve, ça m'empêchera de penser au mien... (*A part.*) Folle... j'ai été folle !...

LA MIGNONNE.

Venez-vous, madame Marie-Rose...

MARIE-ROSE.

Oui, oui. (*Elles rentrent.*)

AMBROISE, *au Paysan.*

Va maintenant... (*Le Paysan sort.*)

SCENE II.

AMBROISE, *puis* URSULE.

AMBROISE, *un moment seul.*

La mère Ursule chez nous !... Je lui avais pourtant bien caché ma demeure... qui donc m'aura trahi?

URSULE, *au paysan qui la conduit et qui sort aussitôt.*

Merci, mon garçon... merci...

AMBROISE, *allant à Ursule.*

Ma mère !...

URSULE.

Ambroise ! (*Regardant autour d'elle avec surprise.*) Ah ! comme c'est gai... comme c'est gentil, ce jardin !... ma fille doit être bien ici...

AMBROISE.

Vous savez... elle a toujours aimé les fleurs... tant que la saison veut bien nous en donner, je m'arrange pour qu'elle n'en manque pas.

URSULE.

C'est donc bien vrai, Ambroise, vous aimez encore Marie-Rose?...

AMBROISE, *la faisant asseoir.*

Vous en doutiez, et c'est pour vous en assurer que vous êtes venue... Mais comment et par qui avez-vous pu savoir que nous demeurions ici?

URSULE.

Ce n'est plus un secret pour personne depuis que notre malheureuse folle s'est échappée de chez vous pendant l'ouragan de l'autre semaine... Ceux qui l'ont ramenée à Montmayour ont dit tout ce qui était arrivé ce jour-là... on en parle à plus de vingt lieues à la ronde... et, grâce au ciel, la terrible nouvelle, en passant par Saint-Estève, m'a trouvée assez forte pour entreprendre mon dernier voyage.

AMBROISE.

Le dernier !... j'espère bien que non : à présent que vous savez la route de chez nous, vous y reviendrez.

URSULE.

Je ne suis pas venue pour m'en aller, Ambroise... Je pouvais supporter le chagrin de ne pas voir ma fille tant que j'avais l'autre auprès de moi... mais vivre seule dans ma maison !... ça ne m'était pas possible !... Je suis partie en me disant : je n'ai pas mérité qu'Ambroise me punisse, et puisque sa volonté m'a forcée de me séparer de l'enfant, il faut que sa pitié réunisse les deux mères.

AMBROISE, *ému.*

Non pas ma pitié, mère Ursule... mais mon désir, ma volonté aussi... C'est convenu, vous resterez chez moi... près de Marie-Rose... Ah ! c'est maintenant que les bons soins ne lui feront pas faute; pour veiller sur elle, elle aura vous et la Mignonne.

URSULE, *attendrie et interrogeant avec embarras.*

La Mignonne? (*A part.*) Enfin ! il me parle d'elle ! (*Haut.*) La Mignonne?...

AMBROISE.

C'est une pauvre petite moissonneuse... elle était perdu[e au] milieu de l'inondation... en danger de mort peut-être... et [j'ai] eu le bonheur de la sauver.

URSULE, *à part.*

La Mignonne ! sauvée par lui !

AMBROISE.

Une heure après je l'ai retrouvée protégeant, défendant M[arie-]Rose... Alors, comme elle m'a dit qu'elle était orpheline et [sans] asile... ma foi... nous l'avons gardée et nous l'aimons déjà.

URSULE, *à part.*

L'enfant l'avait bien dit : on m'aimera ! (*Haut.*) Ah çà ! ce que tu ne me la feras pas connaître à moi cette chère [en]fant-là?

AMBROISE.

Si fait, vraiment ! En allant prévenir Marie-Rose de votre [ar]rivée je vous enverrai la petite. (*Apercevant la Mignonne.*) [Eh] tenez, la voici !

SCENE III.

LES MÊMES, LA MIGNONNE.

LA MIGNONNE, *sortant précipitamment de la maison.*

Maître Ambroise. (*Elle aperçoit Ursule, s'arrête et p[ousse] un cri.*) Ah !

AMBROISE, *allant à elle.*

Eh bien ! qu'est-ce que tu as donc?

URSULE, *vivement.*

C'est la surprise de voir ici une étrangère...

LA MIGNONNE, *affectant de sourire.*

Ce n'est rien, maître Ambroise... mon pied aura tour[né en] descendant trop vite, v'là tout.

AMBROISE, *avec intérêt.*

Ça se passe-t-il un peu?

LA MIGNONNE.

Oui !... c'est passé... Je venais vous dire que madame [Am]broise m'a quittée tout à l'heure pour aller s'enfermer da[ns sa] chambre; j'ai appelé, supplié, elle ne veut ni répondre [ni ou]vrir.

AMBROISE.

Tu as bien fait de me prévenir, j'ai une seconde clef de [sa] chambre... Je vais distraire Marie-Rose de ses idées par [une] heureuse nouvelle... Tiens, vois-tu cette bonne vieille, [c'est] notre mère Ursule... elle vient demeurer avec nous... je [vous] laisse ensemble... faites connaissance. (*Il entre dans la ma[ison.*)

SCENE IV.

LA MIGNONNE, URSULE. (*Dès qu'elles sont seules elles s[e je]tent dans les bras l'une de l'autre.*)

URSULE.

Mon enfant... ma chère enfant... parle-moi bien vite [de ta] mère !

LA MIGNONNE.

Depuis que je suis à Montmayour son délire n'a pas e[u un] seul accès de violence. Deux fois seulement, monsieur Am[broise] a été forcé d'avoir recours à un calmant qui pouvait seul [à la] fois procurer du sommeil à ma mère. J'avais bien peur [en] lui voyant préparer; car il m'a dit : Cette légère dose, c'[est le] repos; quelques gouttes de plus, ce serait la mort.

URSULE.

La mort !

LA MIGNONNE.

Oui ! mais la dangereuse fiole est devenue inutile... a[ussi je] l'ai cherchée ce matin pour la jeter par la fenêtre... mais [je ne] l'ai pas trouvée.

URSULE.

Ainsi Marie-Rose va mieux ?

LA MIGNONNE.

Oh ! beaucoup mieux !... Chaque jour il semble qu'el[le re]trouve un peu de sa mémoire... mon père dit que c'est g[râce à] moi... et en disant cela, il m'embrasse... Je suis bien heu[reuse,] mère Ursule... si heureuse que je n'ai presque pas pensé à René.

URSULE.

Il ne t'a pas oubliée lui... et le lendemain, quand il ne [t'a pas] retrouvée à la maison et que je lui ai annoncé qu'il ne [devait] plus te revoir... ça lui a fait un mal !... il m'a suppliée à [mains] jointes de lui dire où tu étais... je ne pouvais pas confier [ce] secret à cet enfant... je n'ai rien trouvé à lui répondre, sinc[e] j'avais été forcée de t'envoyer en condition loin du pays... Alors il a pâli, et cherchant à renfoncer ses larmes, il m'a dit : C'est bien, mère Ursule... je parlerai à mon père... il ne voudra pas, j'en suis sûr, que, de ma sœur, on fasse une servante.

LA MIGNONNE.

S'il savait que je suis auprès de ma mère...

URSULE.

Il ne faut pas qu'il s'en doute... Heureusement que personne ne pourra lui dire que la Mignonne de Saint-Estève est à Montmayour.

SCENE V.

Les Mêmes, SÉBASTIEN, *avec un portefeuille à dessins.*

SÉBASTIEN.

Non, personne ne le dira, grâce à moi qui répare vos imprudences.

LA MIGONNNE.

Monsieur Sébastien, notre ami!

SÉBASTIEN, *donnant le portefeuille à la Mignonne.*

Prends cela, mon enfant...

URSULE, *à Sébastien.*

Mais je ne vous attendais que tantôt ou demain.

SÉBASTIEN.

Je suis arrivé plus tôt que je ne l'espérais... je vous dirai comment tout à l'heure... laissez-moi d'abord vous gronder, mère Ursule.

URSULE.

Moi!

SÉBASTIEN.

Sans doute... Vous avez le cœur vif et la tête légère comme une fille de quinze ans... Il vous prend fantaisie de partir, et crac! vous prenez votre volée sans réfléchir au danger que vous laissez derrière vous, jeune inconséquente!

URSULE.

Et quel danger?

SÉBASTIEN.

La supérieure du couvent qui attendait la Mignonne ne voyant pas arriver la jeune fille qu'on lui avait annoncée, se disposait à écrire à Ambroise au moment même où je me suis fait annoncer chez elle.

URSULE.

Et pourquoi faire alliez-vous à la communauté?

SÉBASTIEN.

Dans l'intérêt de cette enfant... et pour faire un mensonge... Mais quand je me suis trouvé devant la supérieure, femme d'esprit et de goût qui parle fort bien peinture, ma foi, la franchise de l'artiste a bouleversé le plan de l'ami... je lui ai tout avoué, elle a compris qu'une novice de plus à la communauté était moins utile qu'un enfant à sa mère... Je lui ai demandé le secret pour tout le monde, et je lui ai offert un tableau pour son maître-autel... J'ai reçu sa parole, elle a reçu mon esquisse, et nous nous sommes séparés enchantés l'un de l'autre.

URSULE.

En effet... il fallait la prévenir... C'est un grand service que vous nous avez rendu, Sébastien.

SÉBASTIEN.

Un service de huit pieds de haut sur quatre de large. Tout préoccupé du sujet de mon tableau, je m'étais décidé à venir à pied jusqu'ici, mais je n'avais pas mesuré mes forces sur la distance .. la fatigue m'avait contraint de m'asseoir sur le bord d'un fossé, quand un jeune gentilhomme qui roulait au galop dans un petit char-à-bancs, s'arrêta devant moi... il m'offrit obligeamment une place à côté de lui... j'acceptai... nous causâmes... Je lui dis que je me rendais à Montmayour... ce nom parut le frapper... Il me demanda si j'y connaissais quelqu'un... Par prudence je lui répondis non. — C'est dommage, fit-il; au surplus j'aurai des renseignements positifs chez Pierre Robert, mon fermier.

LA MIGNONNE.

Oui, qui habite les environs.

SÉBASTIEN.

Mon jeune gentilhomme paraissait fort pressé d'arriver; à peine m'avait-il fait descendre à l'entrée de ce village, qu'il tourna bride et partit comme un trait aussitôt que nous eûmes échangé nos noms : Claude Sébastien, lui criai-je; René de Simiane, me répondit-il.

LA MIGNONNE.

Petit René!

URSULE.

Ce qu'il cherche, c'est la Mignonne.

SÉBASTIEN.

En vérité, il la connaît! Il l'a vue à Saint-Estève?

LA MIGNONNE.

Tous les jours, monsieur.

SÉBASTIEN.

Diable! c'est trop!

LA MIGNONNE.

Pierre Robert va lui dire que je suis ici.

URSULE.

Et il ne manquera pas d'y venir! Plus de secret possible avec Ambroise!

LA MIGNONNE.

Il faut empêcher cela, monsieur Sébastien.

SÉBASTIEN.

Sans doute, il faudrait empêcher... Mais comment?

URSULE.

En allant à la rencontre de René.

LA MIGNONNE.

Jusques chez Pierre Robert.

SÉBASTIEN.

C'est entendu, j'y vais. Voyons, où demeure-t-il, ce Pierre Robert?

LA MIGNONNE.

Je n'en sais rien.

SÉBASTIEN, *montrant le valet de ferme qui passe avec un arrosoir.*

Diable! Ce garçon me le dira. Eh! petit Jean!

LE VALET.

Monsieur?

SÉBASTIEN.

Tu sais où demeure Pierre Robert, le fermier?

LE VALET.

Oui, monsieur; on traverse Montmayour; on suit la grand'route jusqu'au petit bois; on prend à droite, on marche un quart d'heure et on tombe sur la ferme.

SÉBASTIEN.

N'y a-t-il dans le bois qu'un chemin qui mène à la ferme?

LE VALET.

Non; il y en a deux.

SÉBASTIEN.

Deux! Quel est le plus court?

LE VALET.

Celui ousqu'il y a un poteau.

SÉBASTIEN.

Je prendrai celui-là.

LE VALET.

Vous partez? Je vas vous ouvrir la porte. (*Il sort.*).

SÉBASTIEN, *à Ursule.*

Allons, au petit bonheur! J'arriverai peut-être à temps. (*A part.*) Ah çà, je change de profession; je faisais des tableaux, à présent je fais des courses... A tout à l'heure, mère Ursule, à tout à l'heure. (*Il sort en courant.*)

LA MIGNONNE.

Rassurez-vous, bonne mère; si un malheur doit nous venir, ça ne peut pas être par René.

URSULE, *écoutant, vers la maison.*

J'ai entendu... C'est ma fille.

SCENE VI.

URSULE, LA MIGNONNE, AMBROISE, *puis* MARIE-ROSE.

URSULE, *à Ambroise.*

Eh bien! Marie-Rose?

AMBROISE.

Je l'ai trouvée à genoux dans sa chambre; elle priait à haute voix, et demandait pardon à Dieu... Dieu t'a entendue, lui ai-je dit; il t'envoie ta mère, ta bonne mère Ursule... Elle m'a regardé d'abord comme si elle doutait... J'ai ajouté : Elle est dans le jardin; elle t'attend... Ma mère! ma mère! s'est-elle écriée; et sa prière a fini par un sourire.

URSULE.

Où est-elle?

AMBROISE.

La voilà.

URSULE.

Me reconnaîtra-t-elle?

AMBROISE, *qui a été au-devant de Marie-Rose.*

Tu vois que je ne te trompais pas.

MARIE-ROSE, *hésitant encore.*

Ma mère!

URSULE, *affectant la joie,*

Oui, mon enfant, me voilà; c'est moi.

MARIE-ROSE, *avec une joie franche.*

Vraiment! Vous, à Marseille?

TOUS.

A Marseille!

MARIE-ROSE.

Vous venez fêter notre troisième anniversaire; il faut que je vous embrasse pour cette bonne idée-là...

URSULE, *à part.*

Oh! mon Dieu! elle ne se souvient plus.

AMBROISE.

Je vous l'ai dit, le passé n'existe plus pour elle.

MARIE-ROSE, *à la Mignonne.*

Petite, va chercher pour ma mère ce que tu trouveras de meilleur dans la maison; du sirop d'orange, tu sais. Va, mais donc.

LA MIGNONNE.

Oui, oui, madame. (*Elle rentre dans la maison.*)

SCENE VII.

LES MÊMES, *excepté* LA MIGNONNE.

MARIE-ROSE, *prenant la main d'Ambroise et d'Ursule.*

Ah! que je suis donc bien entre vous deux! Il ne faut plus en vouloir à Ambroise, ma mère; il n'est plus jaloux; il m'aime bien; il m'aimera encore davantage quand il saura mon secret. Dites-le-lui, ma mère.

AMBROISE, *à Ursule.*

Son secret?

URSULE, *bas.*

Celui qu'elle m'avait confié et qui la rendait si heureuse... Mais puisque sa pensée se reporte à ce jour fatal, peut-être la mémoire va-t-elle tout à fait lui revenir. (*Pendant ce temps Marie-Rose a remonté le théâtre, et cherche autour d'elle, puis dans ses poches.*) Que cherches-tu donc, Marie-Rose?

MARIE-ROSE.

Une lettre... que je devais bien cacher... Cette lettre, je ne l'ai plus.

URSULE.

Tu te souviens de cette lettre?

MARIE-ROSE.

Oh! je n'ai pas eu le temps de l'oublier. On vient de me la donner tout à l'heure.

AMBROISE.

Si j'essayais, mère?

URSULE, *voyant Ambroise tirer une lettre de son sein.*

Prenez garde!

AMBROISE, *avec douceur.*

La lettre que tu cherches, n'est-ce pas celle-ci, Marie-Rose?

MARIE-ROSE.

Celle-ci? Oui, c'est bien elle... Pourquoi a-t-on écrit mon nom? Elle n'est pas pour moi, cette lettre.

AMBROISE.

Pas pour toi?

URSULE.

J'en étais sûre.

MARIE-ROSE.

Non, non; tu m'as soupçonnée, Ambroise, tu m'as condamnée et je ne pouvais pas me défendre... Je ne me souvenais pas... mais à présent, grâce à vous, ma mère, je me souviens, oui, je me souviens...

URSULE.

Eh bien! parle alors... tu sais d'où venait cette lettre?

MARIE-ROSE.

Oui... oui...

AMBROISE.

Dis-nous le nom de l'infâme qui l'a écrite, le nom du lâche qui ne l'a pas signée.

MARIE-ROSE, *s'effrayant.*

Oh! tu m'as déjà demandé cela, Ambroise, et tu me l'as [de]mandé avec des menaces... Oh! tu me fais peur... mais aujo[ur]d'hui je ne suis pas seule... J'ai ma mère avec moi... ma m[ère] qui me protége... Oh! défendez-moi, ma mère, défendez-m[oi]. (*Elle tombe à demi et embrasse les genoux de sa mère.*)

URSULE.

Mais regarde-le donc, ma fille; il ne menace plus, il pleure.

AMBROISE, *relevant doucement Marie-Rose.*

Ce n'est plus avec colère que je t'interroge, je n'ordonne pl[us], je supplie... Voyons, Marie-Rose, rassemble bien tes idée[s]; si tu sais que cette lettre n'était pas pour toi, tu sais alors à [qui] elle était destinée...

MARIE-ROSE.

Oui, à elle... à cette femme qui vient de sortir.

URSULE.

Et tu sais quelle est cette femme?

MARIE-ROSE.

Oui...

URSULE.

Tu te souviens donc?

AMBROISE.

Tu la connais...

MARIE-ROSE.

Oui...

URSULE.

Enfin!...

MARIE-ROSE, *s'éloignant.*

C'est ma marraine.

AMBROISE.

Sa marraine!

URSULE.

Ah! éclair trompeur, sa mémoire se perd et l'égare.

AMBROISE.

Cette marraine... vous me l'avez dit, c'était..

URSULE.

Une voyageuse, une enfant qui ne s'est arrêtée qu'une heu[re à] Saint-Estève et n'y est jamais revenue... Ambroise, ce n['est] pas un souvenir, c'est de la folie... Oh! c'est affreux!

AMBROISE.

Comprenez-vous, maintenant, tout ce que j'ai du souffrir

SCENE VIII.

LES MÊMES, LA MIGNONNE, *apportant un verre d'orangea[de].*

LA MIGNONNE.

Voilà ce que vous avez demandé, madame.

MARIE-ROSE, *passant à une idée nouvelle.*

Où as-tu pris ce verre? pas dans ma chambre, n'est-ce p[as]?

LA MIGNONNE.

Non, madame, dans la petite salle.

MARIE-ROSE.

N'entre plus dans ma chambre... je te le défends... Oh! j'ai bien fermé la porte.

LA MIGNONNE.

Tenez, bonne mère Ursule.

MARIE-ROSE, *vivement à Ursule.*

Ne buvez pas, ma mère; non, je ne veux pas, je ne veux p[as]. (*Elle jette le contenu du verre.*)

LA MIGNONNE.

Que signifie...

AMBROISE, *à part, et avec terreur.*

Mon Dieu!

URSULE.

Qu'avez-vous, Ambroise?

AMBROISE.

Le pressentiment d'un nouveau malheur.. voilà une pe[nsée] qui ne lui était pas venue encore... un tourment que je n'a[vais] pas prévu... (*Il se dirige vers la maison.*)

URSULE.

Où allez-vous?

AMBROISE.

Dans sa chambre... dans sa chambre, où elle s'était enferm[ée]. Il faut que je voie... que je sache... Oh! ne la quittez pas.. [ne] la quittez pas!... (*Il rentre précipitamment.*)

SCENE IX.

URSULE, MARIE-ROSE, LA MIGNONNE.

URSULE.

Quel nouveau malheur redoute-t-il encore?

MARIE-ROSE.

Ambroise est parti, il ne veut pas me croire et pourtant j'ai une preuve...

URSULE.

Une preuve...

MARIE-ROSE.

C'était bien ma marraine qui m'a donné cette lettre... Tenez, il me semble encore que je l'ai là, devant les yeux. Voulez-vous la voir, ma mère... oh! je puis vous la montrer, elle est ici. (*Elle cherche dans les dessins épars sur la table.*)

LA MIGNONNE.

De qui parle-t-elle donc?

URSULE.

D'une méchante femme qui a causé tous nos malheurs. Mais, hélas! sa mémoire la trompe.

MARIE-ROSE.

Non, non, je ne me trompe pas; cette femme, la voilà! (*Elle présente à Ursule le papier sur lequel elle dessinait au commencement de l'acte.*)

URSULE *et* LA MIGNONNE.

Un portrait!

MARIE-ROSE, *allant à la Mignonne.*

Tiens, tu vas me la nommer, toi!

LA MIGNONNE.

Moi, madame?

MARIE-ROSE.

Regarde! regarde bien.

LA MIGNONNE, *qui a regardé.*

Mais, oui, je connais cette femme.

URSULE.

Toi, c'est impossible.

LA MIGNONNE.

Vous la connaissez aussi, mère Ursule... Cette femme, c'est madame de Lormel.

MARIE-ROSE.

Ah! je savais bien que tu me dirais son nom!

URSULE.

Ce portrait ressemble en effet à... Mais madame de Lorme n'a jamais connu Marie-Rose, et n'a jamais été à Marseille, elle me l'a dit... Oh! chasse cette pensée, mon enfant; le hasard seul a fait cette ressemblance.

LA MIGNONNE, *prenant le portrait.*

Oh! je le saurai, moi.

MARIE-ROSE.

Ainsi, vous ne me croyez pas non plus, ma mère... Vous allez m'accuser, me maudire, comme a fait Ambroise...

URSULE.

Non, non; alors même que tu serais coupable... Après tant de souffrances et de tortures, ta mère, qui est une honnête femme, ta mère te pardonnerait.

MARIE-ROSE, *brusquement.*

Eh bien, pardonnez-moi, ma mère.

URSULE.

Te pardonner?

MARIE-ROSE.

Oui... un crime.

URSULE *et* LA MIGNONNE.

Un crime?

MARIE-ROSE, *très-simplement.*

Je vais me tuer.

URSULE *et* LA MIGNONNE.

Grand Dieu!

MARIE-ROSE.

Oh! j'ai ce qu'il faut pour mourir, là, dans ma chambre... (*Elle fait un mouvement vers la maison.*)

URSULE, *l'arrêtant.*

Tu n'iras pas!

LA MIGNONNE.

Je vais appeler monsieur Ambroise.

MARIE-ROSE.

Ambroise?... Oui, qu'il vienne, qu'il me tue, comme il a tué ma fille!

LA MIGNONNE.

Sa fille!

MARIE-ROSE.

Oui, ma Geneviève, que Dieu m'avait donnée si fraîche et si belle, et qu'Ambroise a arrachée de mes bras... Si je veux mourir, c'est que ma Geneviève m'attend... c'est que je veux revoir ma fille!

LA MIGNONNE, *à Ursule.*

Mais dites-lui donc que sa fille existe.

MARIE-ROSE.

Hein! qu'est-ce que tu dis?

URSULE.

La vérité.

MARIE-ROSE.

Oh! vous me trompez.

URSULE.

Ambroise a été cruel, mais il n'a pas été le meurtrier de ta fille; il a repoussé l'enfant qu'il ne croyait pas le sien, mais il ne l'a pas tué. (*Embrassant la Mignonne.*) Je le sais bien, moi qui te l'ai gardé quinze ans.

MARIE-ROSE.

Vous... vous!...

LA MIGNONNE, *à Marie-Rose.*

Elle a vécu quinze ans sans vous connaître; quand on lui a dit qu'elle était votre fille, on lui a dit aussi que vous étiez malheureuse, et alors elle est venue à toi, ma mère.

MARIE-ROSE.

Toi... c'était toi...

URSULE, *à part.*

Elle pleure... elle est sauvée. (*Haut.*) Tu ne veux plus mourir à présent.

MARIE-ROSE, *les regardant toutes deux.*

Mon Dieu! vous êtes bon... vous m'avez gardé ma mère et vous me rendez mon enfant... Oh! je veux vivre... j'ai ma fille...

URSULE.

Prends garde, Ambroise ne doit pas savoir.

MARIE-ROSE.

Vous voulez qu'après tant de douleurs j'étouffe à présent ma joie; vous voulez que je traite ma fille comme une étrangère... Une femme coupable ferait cela, mais moi je n'ai pas à rougir de ma fille... même devant Ambroise, j'ai le droit de me dire sa mère... (*Appelant.*) Ambroise... Ambroise!

URSULE.

Imprudente... que fais-tu?

MARIE-ROSE.

J'appelle le père de mon enfant.

SCENE X.

LES MÊMES, AMBROISE.

AMBROISE, *entrant pâle, une fiole vide à la main.*

Tu m'appelles, Marie-Rose?

MARIE-ROSE.

Ambroise, j'étais folle, je ne le suis plus... Ambroise, j'ai dit que tu avais tué mon enfant, je t'en demande pardon... ma Geneviève existe.

AMBROISE.

Ah! mère Ursule... qu'avez-vous dit?

URSULE.

Ambroise, elle voulait mourir!

MARIE-ROSE.

Tu auras pitié de moi, n'est-ce pas... j'ai tant souffert!... tu veux bien que ma fille me soit rendue... si je l'appelais, tu la laisserais répondre à la voix de sa mère... enfin, tu ne la chasserais pas si elle était ici?

AMBROISE.

Ici! (*Il regarde alternativement Ursule, Marie-Rose et la Mignonne.*)

MARIE-ROSE *à part, saisissant l'expression du regard d'Ambroise.*

Oh! ce regard!... il la tuerait!

AMBROISE, *avec explosion.*

Elle! ici!...

MARIE-ROSE, *partant d'un éclat de rire et feignant la folie.*

Ah! ah! ah! ce pauvre Ambroise, comme il me regarde!... il s'imagine que je suis dupe du mensonge de ma mère. (*A Ursule.*) Non, je ne vous crois pas.... non, non, ma fille n'existe plus... Ambroise m'a dit la vérité, lui... elle est morte... oh! oui... bien morte!... eh bien, puisque j'ai perdu mon enfant, je n'en veux pas d'autre ici, (*désignant la Mignonne*) celle-là surtout... Ma Geneviève aurait son âge... elle me la rappelle trop... je ne veux plus la voir... emmenez-la, ma mère, emmenez-la. (*Tout en repoussant la Mignonne Marie-Rose l'embrasse à la dérobée.*)

URSULE.

Mais c'est du délire!

MARIE-ROSE, *bas à Ursule.*

Je ne la verrai plus, mais je la sauve! (*Elle tombe épuisée sur un siége. — Ursule s'éloigne avec la Mignonne. — Ambroise court à sa femme, qui est près de s'évanouir.*)

ACTE V.

Un riche salon ouvrant au fond sur un parc.

LES DEUX MARIE-ROSE.

SCENE I.

LEONIE, SIMIANE.

(*Léonie est assise. Simiane, debout près d'elle, écoute la fin d'un récit.*)

LÉONIE.

Maintenant, monsieur, vous savez comment votre lettre est restée entre les mains de ma filleule.

SIMIANE.

Et pour comble de fatalité, Marie-Rose est la femme d'Ambroise... d'Ambroise à qui je dois la vie!

LÉONIE.

Lorsqu'après quinze ans, au village de Saint-Estève, la vieille mère de cette pauvre femme, croyant parler à une généreuse inconnue, me confia l'odieux soupçon et l'horrible malheur qui pèsent encore sur sa fille, si je ne me suis pas écriée: Marie-Rose est innocente, la coupable c'est moi, c'est que mon Adrienne était là... Devant cet ange de pureté, le courage m'a manqué pour me flétrir moi-même...

SIMIANE.

Il est heureux que sa présence ait empêché cet aveu imprudent, inutile... c'était vous perdre sans que la vérité pût arriver jusqu'à Ambroise; car, vous me l'avez dit, on ignore en quel lieu le jaloux abusé a caché sa victime.

LÉONIE.

L'union que ma fille va contracter aujourd'hui m'impose l'éternel devoir d'étouffer le cri de ma conscience... sa nouvelle famille, si sévère sur l'honneur, ne lui pardonnerait pas la faute de sa mère... avant le mariage on repousserait notre alliance comme une honte... plus tard, si mon secret était découvert, le bonheur de mon Adrienne serait à jamais détruit; le mépris qui me frapperait rejaillirait sur elle.

SIMIANE.

Ce secret, confié à la garde de mon honneur, ma vie vous en répond, madame.

SCENE II.

LES MÊMES, DE LORMEL, *puis* RENÉ.

DE LORMEL, *venant de la gauche.*

Ma chère Léonie, Adrienne vous attend pour descendre au salon... Ah çà, vous avez pardonné, j'espère, à notre fugitif, son escapade d'il y a quinze ans... Le jour où l'on marie sa fille on n'en veut plus à personne... dans tous les témoins de son bonheur, on ne voit que des amis. (*Il tend la main à Simiane, qui s'incline en lui serrant la main.*)

RENÉ, *entrant vivement par le fond à droite.*

Pardon: mon père est ici, n'est-ce pas?

DE LORMEL.

Qu'avez-vous donc, René?

LÉONIE.

En effet... il est tout pâle, tout ému!...

RENÉ.

Oui, pâle de colère... ému d'indignation.

SIMIANE.

Et d'où vient ce grand courroux, mon ami?

RENÉ.

Je vous le dirai quand nous serons seuls, mon père.

LÉONIE.

Nous nous retirons...

DE LORMEL.

Oui, mais seulement si vous l'exigez, Simiane... car ce[tte] agitation m'étonne et m'inquiète...

SIMIANE.

Restez... je ne sais ce dont il s'agit... mais les secrets [de] René à son père peuvent toujours se dire devant des amis t[els] que vous... (*A René.*) Voyons, parle, explique-toi.

RENÉ.

Quand vous aviez mon âge, si un homme eût cruellem[ent] insulté votre père, qu'auriez-vous fait?

SIMIANE.

Je comprends ce que tu as voulu faire, s'il est vrai que c[ela] soit arrivé... Mais crois-moi, mon fils, c'est un lâche ou un [fou,] l'homme qui s'adresse à l'enfant quand le père peut lui répo[n]dre.

RENÉ.

Enfant!... voilà le mot de mépris qu'il m'a jeté quand je [lui] ai offert mon sang à la place du vôtre. J'allais, vous le save[z, à] la recherche de la Mignonne... Armé de votre lettre qui m'[au]torisait à la réclamer partout, je me présente à la ferme de M[a]mayour où elle était servante. A l'aspect de votre cachet et [de] votre écriture, le maître de la ferme se trouble et pâlit. Ti[rant] de son portefeuille une autre lettre, il les compare toutes de[ux,] puis, saisi d'un violent accès de colère, il s'écrie: Ah! ma v[en]geance rencontre un homme, enfin!... Alors il vous nom[me,] vous insulte et demande où vous vous cachez. Un gentilhom[me] ne se cache pas, lui ai-je répondu; suivez-moi, monsieur!... il est là cet homme!... il m'a dit que si vous refusiez de l'[en]tendre, c'est ici, publiquement, qu'il vous insulterait.

SIMIANE.

Il a dit cela?

DE LORMEL.

Insulter mon hôte!

LÉONIE.

Un pareil éclat!

SIMIANE.

Mais quel est donc cet ennemi?

RENÉ.

Vous le connaissez, mon père... cet homme s'appelle Ambr[oise.]

SIMIANE.

Ambroise!

LÉONIE, *à part.*

O mon Dieu!

DE LORMEL.

Qu'importe!... je vais le faire chasser. (*Il sonne.*)

SIMIANE, *plus calme.*

Pardon, monsieur le comte; si c'est Ambroise qui me dema[nde,] je dois le voir... je le verrai!

DE LORMEL.

Soit!... mais devant moi alors.

LÉONIE, *à part.*

Oh! j'ai peur!

SIMIANE, *bas à de Lormel.*

Eloignez madame la comtesse.

DE LORMEL.

Léonie, notre fille vous attend...

SIMIANE.

René, donne le bras à madame la comtesse. (*René i[nsiste] pour rester.*) Je le veux!

DE LORMEL, *au valet qui a paru.*

Faites entrer monsieur Ambroise. (*Léonie et René entr[ent à] gauche, le valet sort par le fond.*)

SCENE III.

SIMIANE, DE LORMEL, AMBROISE.

DE LORMEL, *un moment avant l'entrée d'Ambroise.*

Un seul mot, Simiane... avez-vous donc des ménagemen[ts à] garder envers celui qui vous insulta devant votre fils?

SIMIANE.

Je ne sais quel est le motif ni quelle sera l'issue de cet e[ntre]tien... mais je dois opposer le calme à la colère; car je ne [puis] oublier que mon offenseur est l'honnête homme que j'ai no[mmé] mon ami, le soldat courageux qui fut mon sauveur.

AMBROISE, *apercevant Simiane et à lui-même.*

Ah! le voilà donc enfin!... (*Haut et se contenant.*) Vous [avez] vu votre fils, monsieur le marquis?... Vous me faites appe[ler] vous n'êtes pas seul?... C'est donc que vous avez déjà choisi votre témoin... Fort bien, je vois que vous comprenez ce qui m'amène.

SIMIANE.

Non, Ambroise... on m'a dit vos emportements... votre violence, vos injures et je ne les comprends pas encore.

AMBROISE, *s'animant.*

En vérité!... alors, marquis de Simiane, tout ce que je n'ai pu dire à cet enfant, je vais te le dire en face.

DE LORMEL, *avec autorité.*

Pas ici, monsieur Ambroise ; vous n'y parlerez l'un et l'autre qu'avec le calme et la dignité qui conviennent à des gens de cœur... J'ignore si cette colère est injuste ou légitime, mais je sais que l'insulte, de quelque part qu'elle vienne, aggrave les torts et détruit le bon droit... J'ai pour devoir de rappeler au respect de lui-même quiconque met les pieds dans ma maison... Dites vos griefs, monsieur... si vous le pouvez, défendez-vous Simiane; mais n'oubliez pas tous deux que vous êtes chez moi.

AMBROISE.

Vous avez raison, monsieur; la colère de l'homme est inutile quand la justice de Dieu doit prononcer.

SIMIANE.

La justice de Dieu... prononcer entre nous... En vérité, vous êtes insensé, mon ami.

AMBROISE, *à de Lormel.*

Monsieur, vous qui ne permettez pas l'insulte chez vous, empêchez donc cet homme de m'appeler son ami.

SIMIANE, *avec un mouvement d'emportement.*

Ambroise !

DE LORMEL, *fortement à Ambroise.*

Accusez-le, vous dis-je, et ne l'outragez pas.

AMBROISE.

Eh bien! qu'il ne réponde plus qu'à vous... c'est vous-même qui le jugerez... demandez-lui s'il connaît ce cachet, cette écriture. (*Il lui donne la lettre de Simiane.*)

SIMIANE, *à part.*

Ma lettre à Léonie !

DE LORMEL, *tendant la lettre à Simiane sans la regarder.*

Voyez, Simiane.

SIMIANE, *repoussant la lettre.*

C'est inutile; je l'avoue... c'est moi qui ai écrit cela.

AMBROISE, *à de Lormel qui va lui rendre la lettre.*

Oh ! lisez-la, monsieur, cette lettre que j'ai surprise entre les mains de ma femme... J'ai dit que vous le jugeriez... Pour condamner le coupable, il faut que vous connaissiez le crime.

SIMIANE, *à part.*

Cette lettre!... lue par lui!... devant moi!... Ambroise, tu ne crois pas si bien me punir.

DE LORMEL, *lisant.*

« Notre amour ne peut plus être qu'un souvenir... je te rends à tes devoirs trop longtemps méconnus... Puisse le ciel nous pardonner d'avoir trompé un honnête homme. » Simiane, sont-ce bien là les termes de la lettre que vous venez d'avouer?

SIMIANE.

Oui, monsieur le comte.

AMBROISE.

Il ne pouvait nier son écriture... car j'ai là une autre lettre signée de son nom, par laquelle, ce matin même, il envoyait chez moi, réclamer sa fille.

SIMIANE.

Ma fille !

AMBROISE.

Oui, la Mignonne de Saint-Estève, qu'aujourd'hui, devant moi, votre fils nommait sa sœur... Ah! c'est maintenant qu'on pourra l'appeler l'orpheline; car si le ciel conduit mon bras, tout à l'heure j'aurai tué son père.

DE LORMEL.

N'avez-vous donc rien à dire pour vous justifier, Simiane?

SIMIANE.

Non... je m'arrête effrayé devant le fatal enchaînement de circonstances qui semble venir en aide à l'erreur de ce malheureux.

AMBROISE.

Mon erreur !

SIMIANE.

Ambroise, sur l'honneur, je ne connais pas votre femme... mais sur l'honneur aussi, je ne puis vous en dire davantage... Maintenant s'il vous faut ma vie, prenez-la... vous qui n'êtes pas l'offensé, vous serez du moins son vengeur. (*Il fait un mouvement.*)

DE LORMEL.

Un moment... Ou vous êtes coupable envers lui... ou bien il ne peut se battre avec vous.

AMBROISE.

Qu'il nous dise donc alors quelle est cette femme qui a failli à ses devoirs... quel est l'honnête homme qu'il s'accuse d'avoir trompé.

SIMIANE.

Jamais, monsieur, jamais!

AMBROISE.

Si vous ne les nommez pas... c'est que j'ai deviné juste... c'est que vous avez menti.

SIMIANE.

Ambroise!... Ah! notre duel est possible à présent... il me fallait ce mot-là pour avoir le droit d'accepter ton défi.

DE LORMEL.

Je comprends le devoir qui vous est imposé, à tous deux... mais en ce moment prolonger notre absence ce serait jeter l'alarme parmi ceux qui nous attendent ; il est nécessaire que monsieur de Simiane se montre avec moi dans le salon ; dans une heure, je vous le promets, je vous rendrai l'un à l'autre.

AMBROISE.

Cet instant que vous me demandez, j'en ai besoin moi-même pour écrire quelques lettres et régler mes dernières dispositions... Il faut tout prévoir, car le sort des armes, c'est le secret de Dieu.

DE LORMEL, *désignant la droite.*

Entrez ici... Au fond de cette galerie est la bibliothèque ; vous trouverez là tout ce qu'il faut pour écrire.

AMBROISE.

Merci, monsieur... Je vous attends, monsieur de Simiane.

SIMIANE.

Dans une heure je serai ici.

AMBROISE, *après avoir regardé de Lormel qui fait un signe d'assentiment.*

J'ai deux garanties alors : (*à Simiane*) votre courage (*à de Lormel*) et votre honneur. (*Il entre dans la bibliothèque.*)

SCÈNE IV.

DE LORMEL, SIMIANE, *puis* LÉONIE.

DE LORMEL.

Simiane?

SIMIANE.

Monsieur le comte?

DE LORMEL.

Savez-vous bien que ce duel serait un crime si vraiment Ambroise s'est abusé? Vainqueur ou vaincu vous flétrissez sa femme.

SIMIANE.

Je vous en prie, mon ami, ne revenons pas sur ce sujet ; les choses sont arrangées comme elles devaient l'être.

DE LORMEL.

Alors vous convenez que cette femme est coupable?

SIMIANE.

Moi!... Silence ! voici madame de Lormel.

LÉONIE, *entrant; elle est suivie d'un valet qui sort aussitôt par le fond.*

Ah! vous êtes seuls messieurs... Eh bien ! cet homme?

DE LORMEL.

Ambroise? il n'est plus ici, ma chère amie.

LÉONIE.

Mais sa terrible colère...

DE LORMEL.

Est tombée devant quelques mots d'explication.

LÉONIE, *regardant tour à tour de Lormel et Simiane.*

Ah!

SIMIANE, *qui s'aperçoit de son doute.*

La preuve qu'il ne peut vous rester ni doute ni inquiétude, madame, c'est que monsieur de Lormel et moi nous rentrons ensemble dans le salon.

DE LORMEL.

Vous venez aussi, Léonie.

LÉONIE.

A l'instant... j'ai seulement quelques ordres à donner. (*De Lormel et Simiane rentrent à gauche.*)

SCÈNE V.

LÉONIE, *seule, regardant sortir Simiane et de Lormel.*

Ce calme, cet accord entre eux... non, la visite d'Ambroise

n'a rien révélé à monsieur de Lormel... Mais quelle est donc cette personne qu'on est venu m'annoncer et qui n'a pas voulu dire son nom? (*Elle regarde vers le parc. En ce moment le valet désigne Léonie à Ursule qui paraît au fond avec la Mignonne.*) La mère Ursule et cette jeune fille! (*Se rassurant.*) Elles auront su le mariage d'Adrienne... n'importe, c'est bien étrange... le même jour, au château de Lormel, Simiane, Ambroise et la mère de Marie-Rose! (*Pendant ce qui précède, Ursule et la Mignonne sont arrivées à la porte du salon.*)

SCENE VI.

LÉONIE, URSULE, LA MIGNONNE.

LA MIGNONNE, *au fond et à Léonie.*

Madame, mère Ursule demande si nous pouvons entrer.

LÉONIE, *allant à Ursule.*

Sans doute; venez, mère Ursule!

LA MIGNONNE, *bas à Ursule.*

C'est bien le portrait, grand'mère.

URSULE, *à demi-voix.*

Tu as eu raison de m'amener ici, la Mignonne... Après ce qui s'est passé tu ne peux plus rentrer à Montmayour sans la justification de la mère.

LÉONIE, *s'asseyant.*

Asseyez-vous.

URSULE, *refusant.*

Merci, madame, merci.

LÉONIE.

Expliquez-moi le mystère dont vous entourez votre visite... vous me faites demander et vous ne vous nommez pas.

URSULE.

Excusez-moi, madame. Dans un jour comme celui-ci, si on vous eut annoncé Ursule Bompart, du village de Saint-Estève, vous auriez pu ne pas me recevoir, et j'avais si grand besoin de vous parler!

LÉONIE.

Ah! je puis vous être utile?

LA MIGNONNE.

Oh! oui... ce qui nous amène, nous ne pouvons même le demander qu'à vous.

URSULE.

Faut d'abord que vous sac. iez que le ciel m'a accordé un grand bonheur... j'ai revu Marie-Rose.

LÉONIE, *troublée et se levant.*

Vraiment... mais toujours folle, n'est-ce pas?

LA MIGNONNE, *qui observe Léonie.*

Elle a tremblé en demandant cela.

URSULE.

Oh! moins, madame... beaucoup moins folle... Ainsi, elle a pu enfin se souvenir qu'elle doit son malheur à une lettre... qu'une femme lui a glissée dans la main en lui disant: Gardez-la-moi... si mon mari la voyait je serais perdue!

LÉONIE, *avec effroi.*

Et votre fille vous a nommé cette femme?

LA MIGNONNE, *examinant toujours Léonie, bas à Ursule.*

Grand'mère, elle se trouble.

URSULE, *à demi-voix, à la Mignonne.*

J'ai bien vu, mon enfant, j'ai bien vu. (*Haut, à Léonie.*) Le nom de celle pour qui ma fille à souffert quinze ans, elle ne le sait pas, madame. (*Mouvement de Léonie.*) Mais il ne faut pas pour ça que la vraie coupable se flatte de rester inconnue... car si Marie-Rose ignore son nom, elle se souvient de son visage... Elle en a si fidèlement gardé la mémoire que ce matin même, elle a dessiné le portrait de cette femme.

LÉONIE.

Son portrait!

LA MIGNONNE, *lui présentant le dessin.*

Le voilà, madame.

LÉONIE.

Qu'ai-je besoin de le voir... pourquoi vous adresser à moi?

URSULE.

Oh! regardez ce portrait, madame, et si cette femme vous est connue... eh bien, nous irons à elle comme nous sommes venues à vous; moi... la mère de cette pauvre victime... elle, (*montrant la Mignonne*) l'enfant de Marie-Rose que son père repousse et renie parce qu'il croit ma fille coupable; nous lui dirons: Nous ne voulons pas vous perdre, oh! non... ce n'est que pour désabuser Ambroise que nous vous demandons la vérité... lui seul la saura... Sur notre salut nous vous promettons le secret... Elle ne pourra nous refuser cet aveu; car pour l'obtenir, nous nouillerons devant elle ma vieillesse et son enfance... Qu[...] vingts ans de probité, quinze ans d'innocence et de malh[...] (*Elles tombent à genoux devant madame de Lormel.*)

LÉONIE, *à part.*

Ah! pour ma fille du courage! (*Haut.*) C'est moi que accusez, mère Ursule... vous croyez voir en moi cette mystéri[...] inconnue qui n'existe peut-être que dans l'imagination d[...] folle.

URSULE, *indignée, se relevant.*

Ah!

LÉONIE.

J'excuse l'erreur d'une mère qui croit sa fille innocen[...] qui veut la justifier; mais là s'arrête mon indulgence... un [...] de plus me dégagerait du respect que je dois à votre âge [...] votre infortune.

URSULE, *se redressant avec fermeté.*

Ce mot, madame la comtesse, je vais pourtant le dire. [...] suis entrée ici avec le doute... j'en sortirai avec la convic[...]

LÉONIE.

Madame, il faudrait d'autres preuves...

URSULE.

Ces preuves?... c'est le trouble qui vous a saisie quan[...] vous ai dit que j'avais revu ma fille... ces preuves? c'est v[...] mouvement de terreur en apprenant qu'elle avait retrouv[...] mémoire... ces preuves?... tenez, la Mignonne, une enfan[...] a lues dans votre pâleur, comme en ce moment ma consci[...] les lit dans la vôtre!...

LÉONIE.

C'en est trop, madame... je vous cède la place et vais do[...] des ordres pour ne pas vous retrouver ici.

URSULE.

Chassées! chassées par elle! (*Léonie se dirige vers la port[...] fond à gauche. — Marie-Rose paraît tout à coup sur le seu[...] cette porte.*)

SCENE VII.

LES MÊMES, MARIE-ROSE, *suivie de* SÉBASTIEN.

MARIE-ROSE, *allant à Léonie.*

Il y a bien longtemps que je vous cherche, ma marraine.

LÉONIE, *à part.*

Marie-Rose! (*Haut.*) Vous vous trompez, madame... j[...] vous connais pas.

TOUS.

Ah!

MARIE-ROSE.

Comment! ce n'est pas vous qui êtes venue à Marseille, [...] quinze ans... ce n'est pas vous qui m'avez dit, en me con[...] cette lettre qui m'a faite si malheureuse: Au revoir, ma fille[...] Ah! madame, pour montrer tant d'audace, vous avez donc [...] peur!

LÉONIE.

Peur?... accusez-moi tout haut... le monde jugera entr[...] mémoire incertaine de Marie-Rose et l'affirmation de la com[...] de Lormel.

SÉBASTIEN.

Pardon, madame, ce ne sont pas là toutes les pièces du [...] cès... (*Tirant un papier de sa poche.*) En voici une que j'a[...] précaution empruntée aux papiers de famille de mon ami [...] broise... c'est un extrait des registres de la paroisse de S[...] Estève... L'acte de baptême de Marie-Rose... il dit les nom[...] parrain et de la marraine... Vous fiancez votre fille, madam[...] le notaire rédige le contrat dans votre salon: rien de plus f[...] de que lui demander si avant d'être mariée, madame la com[...] de Lormel ne se nommait pas Léonie de Brévannes... Léon[...] Brevannes, la marraine de Marie-Rose.

LÉONIE.

Eh bien, quand il serait vrai que toute enfant j'eusse é[...] Saint-Estève, cela prouve-t-il ma présence à Marseille, [...] madame, il y a quinze ans?

MARIE-ROSE.

Mais, madame, ce n'est plus moi qui suis folle, c'est vo[...] vous oubliez que j'ai un témoin de votre présence chez m[...] Marseille.

LÉONIE.

Un témoin!

MARIE-ROSE.

Votre mari, qui vous y a surprise.

LÉONIE.

Enfin, quelle est votre espérance à vous tous qui m'avez tendu ce piége?

MARIE-ROSE.

Nous voulons épargner à Ambroise un crime... un meurtre; car je l'ai appris par Sébastien, mon mari est venu ici pour tuer celui qu'il appelle mon amant.

LÉONIE, *avec terreur.*

Simiane!

URSULE, *vivement.*

Ah! vous le connaissez donc?

SÉBASTIEN.

Marie-Rose n'avait nommé personne.

LÉONIE.

Je me suis perdue! Ah! madame, je vous demande grâce pour mon nom... pitié pour ma fille!

MARIE-ROSE.

Grâce pour votre nom?... mais le nom que je porte est celui d'un honnête homme, et ce nom-là vaut bien le vôtre... Pitié pour votre fille?... L'aimez-vous donc plus que je ne chéris la mienne? Pendant que vous vous pariez de votre impunité, moi je portais la peine de votre faute, et cela a duré quinze ans!... J'ai fait assez pour vous, madame... à chacune sa part, à chacune son droit à présent... Je vous rends votre honte, rendez-moi mon honneur.

URSULE, *apercevant Simiane, venant de la gauche.*

Monsieur de Simiane!

SCENE VIII.

LES MÊMES, SIMIANE, *puis* AMBROISE, *ensuite* DE LORMEL *et* TROIS SEIGNEURS.

MARIE-ROSE.

Monsieur de Simiane... à celui-là de me dire je ne vous connais pas.

LÉONIE, *bas à Simiane venant de la gauche.*

Tout est découvert, c'est Marie-Rose.

SIMIANE, *avec étonnement.*

Marie-Rose!

AMBROISE, *paraissant à droite.*

Oui, Marie-Rose que j'ai accusée quinze ans... que je condamnais encore tout à l'heure... Marie-Rose que je sais innocente maintenant.

SIMIANE.

Innocente!

LA MIGNONNE.

Mon père!

MARIE-ROSE.

Ambroise!

AMBROISE.

La réparation n'est pas complète encore; pour que tu me pardonnes il faut que je t'aie vengée... on n'aura pas impunément fait de Marie-Rose une victime et d'Ambroise un bourreau.

SIMIANE.

Vous faut-il donc le déshonneur d'une femme, monsieur, quand on vous offre la vie d'un homme?

AMBROISE.

Votre sang répandu ne serait qu'une tache de plus sur mon nom.

SIMIANE.

Que voulez-vous alors?

AMBROISE.

Je veux que Marie-Rose, accusée publiquement soit publiquement justifiée... Je connais la vraie coupable et je la nommerai devant tous, si devant tous, vous ne donnez pas la preuve éclatante de l'innocence de Marie-Rose.

LÉONIE, *à Simiane, apercevant son mari et les témoins qui rentrent.*

Sauvez-moi, vous qui m'avez perdue!

SIMIANE.

Ce que vous me demandez, Ambroise, je le ferai. — René m'a laissé lire dans son cœur... Ambroise, personne ne croira plus à la faute de Marie-Rose, personne n'aura plus le droit de croire que cette enfant (*montrant la Mignonne*) et René soient frère et sœur... Devant monsieur de Lormel, témoin de l'accusation, je vous demande pour mon fils la main de votre fille. (*Mouvement général.*)

AMBROISE, *embrassant Marie-Rose et la Mignonne.*

Marie-Rose!... ma fille! mon amour pourra-t-il aussi réparer le mal que je vous ai fait?

SÉBASTIEN.

Mère Ursule, demain je commence mon tableau de famille.

LA MIGNONNE.

Vous y mettrez petit René.

FIN

www.ingramcontent.com/pod-product-compliance
Ingram Content Group UK Ltd.
Pitfield, Milton Keynes, MK11 3LW, UK
UKHW020444220726
13923UKWH00005B/2327